Ruth Rendell, auch unter dem Pseudonym Barbara Vine bekannt und in Großbritannien als »Königin der Kriminalliteratur« gefeiert, unbestreitbar eine der großen Autorinnen des modernen englischen Kriminalromans, wurde 1930 in South Woodford/London geboren. Sie ging in London zur Schule. Später arbeitete sie zunächst als Journalistin, bevor sie sich ganz dem Schreiben von Kriminalromanen und -geschichten widmete. Seitdem hat sie an die dreißig Romane und vier Bände mit Kriminalgeschichten verfaßt. Für ihre in fünfzehn Sprachen übersetzten Bücher hat Ruth Rendell allein dreimal den Edgar-Allan-Poe-Preis und viele andere internationale Ehrungen erhalten.

Die Autorin ist verheiratet und lebt in einem Farmhaus aus dem 16. Jahrhundert in Suffolk.

Ruth Rendell hat es sich zur Aufgabe gemacht, begabten Nachwuchstalenten zu mehr Öffentlichkeit zu verhelfen. In diesem Doppelband stellt sie den Roman der jungen englischen Schriftstellerin Helen Simpson neben eines ihrer eigenen Meisterwerke.

Helen Simpson wurde in Bristol geboren und wuchs in einem Londoner Vorort auf. Bevor sie sich als freischaffende Journalistin niederließ, arbeitete sie fünf Jahre als Redakteurin bei der *Vogue.* Ihre Kurzgeschichten, zunächst in England in Zeitschriften und Magazinen veröffentlicht, liegen seit kurzem auf deutsch in dem Band »Vier nackte Beine im Bett« vor. Helen Simpson lebt heute im Süden von London.

»Helen Simpson ist eines der vielversprechendsten Nachwuchstalente der neunziger Jahre.« *Mail of Sunday*

Von Ruth Rendell sind folgende Goldmann Taschenbücher lieferbar:

Die Brautjungfer. Roman (41240)
Die Werbung. Roman (42015)
Stirb glücklich. Stories (42194)

Von Helen Simpson ist als Goldmann Taschenbuch lieferbar:
Vier nackte Beine im Bett und andere Geschichten (41054)

RUTH RENDELL
DAS HAUS DER GEHEIMEN WÜNSCHE

HELEN SIMPSON
DIE SÜNDEN DES FLEISCHES

ZWEI ROMANE
IN EINEM BAND

GOLDMANN VERLAG

Die englische Originalausgabe erschien bei Pandora Press,
Unwin Hyman Ltd., London.

Umwelthinweis:
Alle bedruckten Materialien dieses Taschenbuches
sind chlorfrei und umweltschonend.
Das Papier enthält Recyclinganteile.

Der Goldmann Verlag
ist ein Unternehmen der Verlagsgruppe Bertelsmann

Umschlaggestaltung: Design Team München
Lektorat: Ulrike Kloepfer
Fotosatz: Uhl + Massopust, Aalen
Herstellung: Heidrun Nawrot
Made in Germany
ISBN 3-442-41169-6

1 3 5 7 9 10 8 6 4 2

Ruth Rendell

Das Haus der geheimen Wünsche

Roman

Aus dem Englischen von
Renate Orth-Guttmann

Titel der englischen Originalausgabe:
The Strawberry Tree

I

Das Hotel, in dem wir wohnen, hat mein Vater gebaut. Es soll, so versichert man mir allenthalben, das beste Hotel in Llosar sein, und das größte und häßlichste ist es allemal. Von weitem meint man, es sei aus weißem Karton gemacht oder aus Hunderten von Umschlägen zusammengesetzt, deren Klappen offenstehen. Die Innenausstattung brüstet sich mit den üblichen Attributen konventioneller Eleganz, bronzefarbenen Spiegelflächen und kupferfarbenen Marmorplatten, und in der Halle steht in Terrakottagefäßen von unbestimmt klassisch-römischem Aussehen ein Heer von Hibiscuspflanzen mit trompetenförmigen Blüten, rot wie Husarenröcke.

Das Hotel hat einen Swimmingpool und einen Raum voller Fitneßgeräte, drei Restaurants und zwei Bars. Ein Apparat putzt einem die Schuhe, ein anderer bereitet Eiswürfel. Einst sahen wir den jungen Männern zu, wie sie *palo* tranken, aus langen, dünnen bogenförmigen Gefäßen, die den Alkohol in einem kühnen Bogen verspritzten. Jetzt mixt der Barkeeper im Hotel Cocktails, die *Mañanas* heißen und berühmt sein sollen. Wir haben sie gestern probiert, auf der Terrasse hinter dem Hotel. Von dort kann man, wenn man nicht – wie die meisten Leute – auf den Swimmingpool schaut, das Auge im doppelten Sinne auf dem Garten ruhen lassen. Hier blüht und gedeiht der Arbutus, der zur gleichen Zeit weiße Blüten und reifende Erdbeeren trägt, ein Phänomen, von dem ich gehört, das ich aber bislang nie mit eigenen Augen gesehen hatte, denn es ist Oktober, und damals war ich im Sommer hier.

Wir haben Zimmer mit jenen Balkonen, die wie Briefumschläge aussehen, mit Blick auf die Bucht. Fischerboote gibt es nicht mehr, das Pier des alten Hotels mit seinem Weinlaubbaldachin ist verschwunden, und aus dem alten Hotel selbst ist ein Kasino geworden. Doch der Hafen ist noch da mit dem Standbild der Jungfrau, *Nuestra Doña de los Marineros,* wo Piers und Rosario und ich, im tiefen grünen Wasser schwimmend, zum ersten Mal Will sahen, der auf der gedrungenen Steinmauer saß.

Die ganze »Promenade« – so muß ich sie

wohl nennen – säumen anstelle der früheren Häuserzeile Hotels und Restaurants, Souvenirläden und Reisebüros, Cafés und kleine Bars. Die Kirche mit ihrem braunen Glockenturm und dem flachen Ziegeldach, die einst diesen Küstenstrich beherrschte, steht wie verloren zwischen den Neubauten, zur Bedeutungslosigkeit geschrumpft vor dem riesigen Thomson Holiday Hotel. Ich habe das Zimmermädchen gefragt, ob sie in letzter Zeit Quallen in Llosar hätten, aber sie hat nur den Kopf geschüttelt und etwas von *contaminación* gemurmelt.

Das Haus, das uns José-Carlos und Micaela zur Verfügung gestellt hatten, ist noch da, allerdings erheblich ausgebaut und vergrößert, zuckergußrosa getüncht und von dem schnörkeligsten schmiedeeisernen Gitter umgeben, das ich je gesehen habe, eiserne Klöppelspitze für ein Riesentischtuch um die Zuckergußtorte eines Riesenkindes. Ich glaube kaum, daß Rosario es wiedererkennen würde. Im Binnenland hat sich, soweit ich das beurteilen kann, nicht allzuviel verändert. Bisher habe ich mich noch nicht dorthin gewagt, obgleich unser Leihwagen sehr ordentlich ist. Ich gehe ein Stückchen hügelan, bis das Dorf hinter mir liegt, schaue zu den gelben Hügeln hoch, zu den Ölbäumen und Wacholdern und den breiten, geraden Straßen, die jetzt Schneisen durch die Landschaft schlagen, aber das Spukhäuschen, die *Casita de Golondro,* kann ich nicht erkennen. Von hier hat man es auch damals nicht sehen können. Es verbirgt sich in einer Talmulde, die von Pinien und Johannisbeergehölz gesäumt ist. Unser Hoteldirektor hat mir heute vormittag erzählt, daß es jetzt ein *parador* ist, der erste auf Mallorca.

Wenn das, was mich hergeführt hat, erledigt ist, will ich es mir einmal ansehen. Diese in staatlicher Regie betriebenen Hotels, von denen es auf dem Festland schon viele gibt, sollen sehr angenehm sein. Wir könnten zum Abendessen hinfahren. Ich werde es den anderen vorschlagen. Sollten sie aber auf die Idee kommen, daß man doch dorthin umziehen könnte, werde ich nein sagen, das habe ich mir vorgenommen. Würde ich dort wohnen, müßte ich früher oder später jenen Raum wiederentdekken oder ihn absichtlich meiden. Ehrlich gesagt wünsche ich mir gar keine Erklärung mehr. Ich möchte meine Ruhe haben, ich möchte, wenn das nicht zu überspannt klingt, glücklich sein.

Mein Termin in Muralla ist morgen früh um

zehn, ein Beamter der *Guardia Civil* erwartet mich, sein Rang entspricht, soweit ich weiß, dem eines Superintendents in unserer Kriminalpolizei. Er wird mir zeigen, was es zu sehen gibt, ich werde mir alles ansehen und versuchen, mich zu erinnern, und ihm meine Antwort geben. Ich habe noch nicht entschieden, ob ich die anderen mitnehmen soll, und weiß auch nicht, ob ihnen daran läge, mitzukommen. Es wird wohl das beste sein, wenn ich dies – wie so vieles in den vergangenen Jahren – allein erledige.

2

Fast vierzig Jahre ist es her, seit wir, Piers und ich und unsere Eltern, zum ersten Mal nach Mallorca reisten, in das Haus, das unser spanischer Vetter uns zur Verfügung stellte, weil meine Mutter krank gewesen war. Sie litt an Depressionen und einem generellen Gefühl der Mattigkeit und Lethargie, aber der Grund dafür war das Kind, das sie verloren hatte, war eine Fehlgeburt. Schon damals, ehe es wirklich nötig gewesen wäre, bemühten sich meine Eltern darum, weitere Kinder zu bekommen, bemühten sich darum – wovon ich natürlich nichts wußte –, seit ich dreizehn Jahre vorher zur Welt gekommen war. Es war, als wüßten sie dank einer traurig-abergläubischen Vorahnung, daß sie ihr Taubenpaar nicht immer haben würden.

Ich erinnere mich an den Brief, den José-Carlos an meinen Vater schrieb. Die beiden hatten im spanischen Bürgerkrieg zusammen gekämpft, waren seither eng befreundet und schrieben sich sporadisch, obgleich er der Vetter meiner Mutter und nicht meines Vaters war. Die Tante meiner Mutter hatte einen Spanier aus Santander geheiratet, und José-Carlos war ihr Sohn. Wir wußten deshalb alle, wo Santander war, von Mallorca aber wußten wir so gut wie nichts. Zumindest mußten wir es auf der Karte suchen. Bis auf Piers natürlich, der sich in diesen Dingen auskannte. Piers hätte uns sagen können, daß Mallorca die größte der Baleareninseln war, Provinz Baleares im westlichen Mittelmeer, und wohl auch, daß sie eine Ausdehnung von etwas über 1400 Quadratmeilen hatte. Aber zu den vielen erfreulichen Eigenschaften meines gescheiten Bruders, dieses Glückskindes, gehörte auch seine Bescheidenheit. Ungebetene Belehrungen zu erteilen war nicht seine Art. Auch er stand da und sah über Vaters Schulter auf den Universitätsatlas von Goodall & Darby, eine Vorkriegsausgabe, für den das britische Empire der Nabel der Welt und das Mittelmeer nur ein unbedeutendes Binnengewässer war. Er stand da und schwieg wie wir.

Die winzigen Balearen schwammen grüngolden auf hellem Blau in den Armen von Barcelona und Valencia. Majorca (in Klammern Mallorca) war ein Planet mit Begleitmonden: Formentera, Cabrera, aber auch Menorca und Ibiza. Wie seltsam es heute anmutet, daß wir von Ibiza noch nie gehört hatten, daß wir keine Ahnung hatten, wie man es ausspricht, während Minorca nur ein Ort war, nach dem man eine Haushuhnsorte benannt hatte.

Das Haus von José-Carlos stand in einem Ort, der Llosar hieß. Er schilderte Haus und Umgebung in fast entschuldigendem Ton, die Schönheit herunterspielend, rustikale Unzulänglichkeiten unterstreichend. Das Haus lag an der Nordwestküste mit Blick aufs Meer, einen Steinwurf vom Dorf entfernt, einem durchaus unbedeutenden Dorf mit einigen wenigen kleinen Läden und einem Hotel. Sein Englisch ist so gut, daß er uns richtig beschämt, sagte mein Vater, wir werden unser Spanisch aufpolieren müssen, Mutter und ich.

Das Haus gehöre uns den ganzen Juli und August über oder solange wir Kinder Ferien hätten. Es sei sehr ruhig dort, man könne nicht viel unternehmen, nur schwimmen und in der Sonne liegen, Fisch essen und in der Taverne etwas trinken, falls meine Eltern Lust dazu hätten. Im Südosten der Insel gab es Tropfsteinhöhlen und unterirdische Seen, die einen Besuch lohnten, sofern wir uns den Leihwagen anvertrauen mochten, die auf der Insel zur Verfügung standen. Allmählich kämen auch Touristen, aber allzu viele würden es nicht sein, da es nur ein Hotel gab.

Llosar war auf unserer Karte eingetragen, auf einer Landzunge im Norden der Insel. Die Hauptstadt, Palma, erschien uns ziemlich groß, bis wir sahen, daß die Buchstaben die gleiche Größe hatten wie Alicante auf dem Festland. Piers und ich waren noch nie im Ausland gewesen. Wir waren Kriegskinder, vor Beginn des Krieges geboren und durch ihn auf unserer belagerten Insel festgehalten. Und seit Kriegsende hatten wir geduldig auf eine solche Gelegenheit warten müssen – eine Reise, die nicht allzuviel kostete und keine langfristigen Planungen erforderte.

Ich freute mich unbändig auf diese Ferien. Ich war nie krank gewesen, jetzt aber, da das Trimester seinem Ende zuging, hatte ich die größte Angst davor, irgendein Leiden könne mich plötzlich und unerwartet heimsuchen. Denkbar war das durchaus. Damals, vor der allgemeinen Impfpflicht, bekam jeder früher oder später die Masern. Ich hatte sie noch nicht gehabt. Piers war im vergangenen Jahr für eine Operation im Krankenhaus gewesen, aber mir hatte man noch nicht mal die Mandeln herausgenommen. Möglich war alles. Ich kam mir verletzlich vor, lebte täglich in der Angst vor den unerklärlichen Bauchschmerzen, den roten Pünktchen auf der Haut, dem Husten. Ich fing sogar an, frühmorgens Temperatur zu messen, genau wie es meine Mutter tat, die allerdings andere Gründe dafür hatte. Sie würden ohne mich fahren. Warum nicht? Es wäre nicht fair, vier Leute um einer einzigen Person willen zu Hause festzuhalten. Man würde mich, wenn ich aus dem Krankenhaus kam, zu Tante Sheila schicken.

Doch dann kam alles ganz anders. Unsere Gruppe sollte sich nicht verkleinern, sondern um ein Mitglied vergrößern. Der zweite Brief von José-Carlos klang noch entschuldigender, und zwar diesmal mit Recht, wie ich fand. Er habe eine Bitte. Natürlich sollten wir gleich nein sagen, wenn es uns nicht recht sei. Rosario würde sehr gern im Haus bleiben, solange wir da waren. Rosario liebe das Haus und sei es gewöhnt, die Sommerferien dort zu verbringen.

»Rosario? Was ist denn das für einer?« fragte ich.

»Es ist ein Mädchen«, sagte meine Mutter. »Die Tochter von José-Carlos. Inzwischen dürfte sie fünfzehn oder sechzehn sein.«

»Einer dieser spanischen Namen«, erläuterte mein Vater, »die eine Kurzform für Maria von Sowieso sind. Maria del Pilar, Maria del Consuelo oder in diesem Falle Maria del Rosario, Maria vom Rosenkranz.«

Ich war sehr betroffen. Ich wollte sie nicht dabeihaben. Der Gedanke an eine junge Spanierin in unserem Kreis erfüllte mich mit Bestürzung. Ich konnte sie mir vorstellen, groß und dunkel, mit schwarzem, wallenden Haar, beim Tanzen schwingenden Stufenröcken, Kamm und Mantilla – es hätte nicht viel gefehlt, und ich hätte ihr in meiner Phantasie noch eine Rose zwischen die Zähne gegeben.

»Wir können José-Carlos schreiben, daß es uns nicht recht ist.« Mir erschien das durchaus plausibel. »Wo er es doch selbst vorschlägt... Wenn wir es gleich machen, weiß sie rechtzeitig Bescheid, daß sie nicht da sein soll.«

Meine Mutter lachte, mein Vater blieb ernst. Wenn ich jetzt, nach so langer Zeit, zurückdenke, vermute ich, daß er damals schon meine Art verstand und sich Gedanken darüber machte. Er sagte freundlich, aber ohne zu lächeln: »Er hat es nicht so gemeint, es war nur eine Höflichkeitsfloskel. Wir können ihm die Bitte unmöglich abschlagen.«

»Außerdem«, sagte Piers, »ist sie vielleicht sehr nett.« Diese Möglichkeit kam für mich überhaupt nicht in Betracht. Ich begegnete damals fast allen Menschen mit Argwohn und habe mich in dieser Hinsicht kaum geändert. Noch immer stelle ich mich darauf ein, meine Mitmenschen abzulehnen und von ihnen abgelehnt zu werden. Ich rechne mit ihrer Lieblosigkeit, ihrer Niedertracht, ihrem Neid. Wenn jemand mich zum Abendessen einlädt und hinzufügt, ein Bekannter oder eine Bekannte sei da, mit dem oder mit der ich mich prächtig verstehen würde, sage ich sofort ab. Ich fürchte solche Begegnungen. Die neue Bekanntschaft ist in meiner Voreinschätzung kalt, egozentrisch, boshaft, darauf aus, mich zu kränken oder zu verletzen, ist hübsch oder bildschön, gut gekleidet und geistsprühend, findet mich unattraktiv oder dumm, wird entweder nicht mit mir reden wollen oder wenn, dann mit dem Ziel, mich zu demütigen.

Ich kann nicht über meinen Schatten springen. Ich habe es versucht. Psychotherapeuten haben es versucht. Das ist – unter anderem –

der Grund dafür, daß ich, obwohl ich reicher bin, als die meisten Leute es sich in ihren kühnsten Träumen vorstellen können, dazu durchaus intelligent und eloquent, bis vor kurzem ein einsames Leben geführt habe, isoliert, nicht so sehr vernachlässigt als der Gegenstand von Bemerkungen wie:

»Petra kommt ja doch nie, man braucht sie im Grunde gar nicht erst einzuladen...« und: »Man muß Petra so weit im voraus anrufen oder ihr schreiben und so viele Vorbereitungen treffen, ehe man auf eine Tasse Tee vorbeischaut, daß es kaum den Aufwand lohnt.«

Es ist nicht so sehr Schüchternheit, nein, da ich selbst eine kalte Natur bin, habe ich Verständnis für die Verachtung und Gleichgültigkeit der Kaltherzigen und mag nicht ihr Opfer werden. Ich mag mich nicht einem Blick, einem Lachen, einer verletzenden Bemerkung aussetzen, die mich »klein und häßlich« machen könnten, wie es in einer Redensart so treffend heißt. Eine andere Redensart aber kann ich nachvollziehen, wenn jemand von sich sagt, er würde am liebsten im Erdboden versinken; es ist dies nicht etwas, was ich mir wünsche, sondern etwas, was mir Tag für Tag geschieht. Erst im letzten Jahr hat in dieser

Beziehung Tauwetter eingesetzt, beginnt sich langsam, mit großer Verspätung, mein Herz zu öffnen.

Und deshalb vergällte mir die Aussicht auf Rosarios Gesellschaft die letzten Tage vor unserer Spanienreise. Sie würde hübscher sein als ich. Und größer. Später betrachtet man es eher als Vorteil, wenn man eine ältere Freundin hat, nicht aber mit dreizehn. Rosario war älter und deshalb gescheiter, weltgewandter, sie war mir überlegen und wußte es. Auch war mir der erschreckende Gedanke gekommen, daß sie möglicherweise kein Englisch sprach. Sie würde eine Erwachsene sein, die Spanisch mit meinen Eltern parlierte und sich mit ihnen in der großen Erwachsenenverschwörung zusammentat gegen all jene, die noch Kinder waren.

So war denn die Vorfreude durch düstere Befürchtungen zunichte gemacht, und auch in meinem späteren Leben ist es mir nie anders gegangen – bis jetzt.

Wer heute nach Mallorca will, dem werden direkte Charterflüge von Heathrow und Gatwick, wer weiß, vielleicht sogar von Stansted aus angeboten. Es kann gut sein, daß mehr Menschen auf Mallorca Urlaub machen als an jedem anderen Ort der Welt. Damals mußten wir mit der Bahn nach Paris fahren und dort umsteigen in einen anderen Zug, der uns durch Frankreich und die Nacht fuhr; bei Sonnenaufgang rollten wir an den Mauern von Carcassonne vorbei, und vormittags überquerten wir die spanische Grenze. Ein kleines, leichtes und vermutlich schlecht gewartetes Flugzeug brachte uns von Barcelona nach Palma, und einer der unzuverlässigen, klapprigen Leihwagen, auf die José-Carlos in seinem Brief angespielt hatte, beförderte uns von Palma in den Norden.

Ich war im Wagen eingeschlafen, den Kopf an die Schulter meiner Mutter gelehnt, und sah deshalb nichts von jener Landschaft, die uns so vertraut werden, die uns mit ihrer Schönheit entzücken und uns letztendlich verraten sollte. Das Meer war das erste, was ich nach dem Erwachen sah, es war von dunklem, seidigem Pfauenblau, ein Spiegel des klaren, wolkenlosen Himmels. Und die Hitze hüllte mich ein wie ein Schultertuch, als ich ausstieg und auf den hellen, trockenen Steinen stand, über die streifig die schmalen Schatten der Wacholder fielen.

Ich hatte noch nie etwas so Schönes gesehen. Die Küste, die die Bucht umschloß, war dicht bewaldet, mit dunklem, üppigen Grün, der Strand aber war silbrig-hell. Ein Strang von Häusern zog sich an der Küste entlang, weiße Häuschen mit flachen Ziegeldächern, daneben die Kirche mit dem schlichten, kantigen Glockenturm und das Hotel, dessen Terrasse, mit Weinlaub überwachsen und ins Meer hinausragend, halb Pier, halb Baumhaus war. Dahinter und weit ins Land hinein, in der Richtung, aus der wir gekommen waren, erstreckte sich, zu den Bergen hin ansteigend, gelbes Hügelland, hie und da gesprenkelt mit grauen Bäumen und grauen Steinen. Und allenthalben standen die Zypressen, nie zuvor hatte ich solche Bäume gesehen, schwärzer als Ilex, stengeldünn, wie Gruppen von Säulen beisammenstehend oder einzeln wie Obeliske, deren Schatten am Abend ein endlos wiederholtes Strichmuster auf das Gras zeichneten. Über all dem brannte die Sonne in trockener, weißer, erbarmungsloser Glut.

Kinder sind gute Beobachter. Sie haben sonst nichts zu tun. Später ist die Frage nicht nur, wie in dem bekannten Gedicht: *Heißt Leben nur Geschäfte treiben und nicht auch staunend stehenbleiben?*, später läßt uns das Leben beim besten Willen keine Zeit mehr zum Staunen oder Stehenbleiben, wir können die Uhr nicht zurückdrehen, das ist nun mal der Lauf der Welt. Wenn wir jung sind, vor dem Studium, vor der Liebe, vor der gesicherten Stellung und der eigenen Wohnung, wird uns – sofern wir eine glückliche Jugend und gute Eltern haben – alles abgenommen. Wir bekommen unser Essen vorgesetzt, unsere Betten werden gemacht, unsere Sachen gewaschen und neue gekauft, andere verdienen das Geld, das nötig ist, um sie zu kaufen, fahren uns in der Gegend herum und bieten uns ein Dach über dem Kopf. Über all diese Dinge brauchen wir nicht nachzudenken, uns nicht zu sorgen. Noch bläst uns die Zeit nicht ihren heißen Atem ins Genick, noch sagt sie nicht geh, geh, geh, eile dich, du hast alle Hände voll zu tun, du bist spät dran, komm, komm, komm, eile dich.

Deshalb können wir staunend stehenbleiben. Oder uns an eine Mauer lehnen, das Kinn in die Hände, die Ellbogen auf den warmen, rauhen Stein gestützt, und das bewundern, was unter uns liegt: die blauseidene See, die ein Spitzensaum im Sand entfaltet. Die Felsen, wie ungeschliffene Achate, in einen Silberreif gefaßt. Wir können uns in ein Feld legen, ohne zu denken, träumend, und durch tausend Grashalme hindurch das winzige Leben betrachten, das dort herumwuselt wie zwischen den Baumstämmen eines Waldes. In wenigen Jahren wird das nicht mehr möglich sein, dann drängen die Sorgen des Lebens herein, lenken den Geist ab, verderben den Tag und öffnen den Feinden der Kontemplation – der Langeweile, der Kälte, der Gezwungenheit, der nagenden Unrast – Tür und Tor.

Mit dreizehn stand ich am Scheideweg zwischen dem Einst und Jetzt. Ich konnte noch staunend stehenbleiben, konnte trödeln und träumen, die Zeit war noch mein Spielzeug und noch nicht mein Meister, aber schon regten sich Erwachsenensorgen. Die Menschen waren eine Realität, waren schon jetzt die einzig wirkliche Bedrohung. Wenn ich am liebsten dort stehengeblieben wäre und mich weiter an meine Mauer gelehnt hätte, von der gleich einem entrollten Ballen Purpursamt jene Schlingpflanze hing, die ich später Bougainvillea zu nennen lernte, dann ebenso aus Angst vor der Begegnung mit José-Carlos und seiner Frau Micaela und mit Rosario, ihrer Tochter, wie aus dem Wunsch heraus, noch länger den schönen Blick zu genießen. Denn noch während ich hinsah, hörte ich schon im Geist ihre Bemerkungen, die darauf abzielten, mich herabzusetzen.

»Petra!«

Mein Vater rief nach mir; er stand vor einem weißen Haus, das im Obergeschoß einen umlaufenden Balkon hatte. Zypressen säumten die Mauern und drängten sich dicht an dicht in dem Garten dahinter wie schwarze, spitzige Stalagmiten. Neben ihm stand ein Mädchen, das, soviel erkannte ich sogar von weitem, kleiner war als ich, klein und dünn, mit einem schmalen Gesichtchen, das zwischen schweren dunklen Haaren hervorsah wie durch eine Toröffnung. Auf den Gedanken, dies könne Rosario sein, kam ich nicht, ich hielt sie für die Tochter einer Haushälterin oder Putzfrau, mit der man mich nicht bekannt machen würde. Ich sah sie kaum an. Schon wappnete ich mich für die bevorstehende Begegnung, verhärtete mich, verdrängte alle Gedanken. Im weißen Sonnenlicht ging ich zum Haus, stand schon auf der Schwelle, hatte die Haustür aufgestoßen, als er mir ihren Namen nannte.

»Komm und sag deiner Cousine guten Tag.«

Nun mußte ich mich wohl oder übel umdrehen und sie ansehen. Sie war überhaupt nicht so, wie ich sie mir vorgestellt hatte. Das sind die Menschen nie, und ich weiß das genau, wußte es wohl schon damals, aber dieses Wissen änderte nichts. Ich habe mir nie sagen können, warte es ab, hüte dich vor vorschnellen Urteilen, schlag nicht gleich zurück. Mit einiger Überwindung blickte ich zu ihr hoch. Wir gaben uns nicht die Hand, sondern sahen uns nur an und sagten hallo. Sie hatte Schwierigkeiten mit dem H, es klang zu stimmhaft. Aus der Nähe merkte ich, daß ich gut und gern zwei Zentimeter größer war als sie. Ihre Haut war blaß und leuchtete von innen, ihr Körper elfenzart. Nur mit dem Haar hatte ich recht gehabt, doch auch das nicht ganz. Rosarios Haar erinnerte an das polierte Holz alter Möbelstücke, es hatte ihre Glätte und ihren Glanz und war etwa zehnmal so lang wie meins. Später zeigte sie mir, daß sie sich draufsetzen, sich darin einhüllen konnte. Meine Mutter sagte zu ihr – es war nett gemeint, als Kompliment –, sie könne beim Festspiel die Lady Godiva sein. Und dann mußte ihr natürlich Piers, der wußte, wie die Geschichte richtig ging, genau erklären, wer Lady Godiva war.

Bei unserer ersten Begegnung sagten wir nicht viel. Meine Überraschung war zu groß, und auch – ich gestehe es – meine Genugtuung. Ich hatte eine junge Dame erwartet, eine Mischung aus Carmen und Klosterfrau. Stattdessen stand ein Kind vor mir, ein Kind mit Söckchen und langen Haaren wie Alice im Wunderland. Rosario trug ein kurzes Kleidchen, und um den Hals hatte sie eine Kette mit einem perlenbesetzten Medaillon, in dem ein Bild ihrer Mutter war. Sie ging voran ins Haus und lächelte mir über die Schulter zu, unverkennbar in der Absicht, mir die Befangenheit zu nehmen. Ich taute allmählich auf und begann, wie immer in solchen Momenten, leicht zu zittern. Im Haus standen ihre Eltern mit meiner Mutter und Piers zusammen, sie wollten sich aber nicht lange aufhalten. Sobald sie uns gezeigt hatten, wo alles war und wo wir notfalls Hilfe holen konnten, würden sie sich auf den Weg nach Barcelona machen.

Wir waren einen Tag und eine Nacht und einen halben Tag gereist. Meine Mutter legte sich oben auf das breite Bett mit dem Moskitonetz. Mein Vater duschte. Das Badezimmer hatte keine Wanne, und das Wasser war nicht eiskalt, sondern von köstlich-kühler Frische.

»Können wir ins Meer?« fragte Piers.

»Wenn du willst.« Rosario sprach das sehr

korrekte, ein wenig seltsam akzentuierte Englisch, das man von Menschen hört, die gewissenhaften Unterricht in der Sprache hatten, sie aber selten von Engländern haben sprechen hören. »Es gibt hier keine Flut. Man kann schwimmen, wann man will. Sollen wir gleich gehen, dann kann ich es euch zeigen.«

»An so einem Ort«, sagte mein Bruder, »möchte ich jeden Tag ins Wasser gehen, den ganzen Tag lang, ich könnte nie genug davon bekommen.«

»Vielleicht.« Sie legte den Kopf schief. »Wir werden sehen.«

Nach einer Weile bekamen wir natürlich genug davon. Oder sagen wir so: Das Meer war nicht immer die lieblich-heitere Wohltat, als die es uns an diesem ersten Nachmittag erschien. Es gab eine Quallenplage, und einmal hieß es, ein lauernder Hai sei gesichtet worden. Fischer klagten, daß Badegäste ihnen den Fang verscheuchten. Und als Zeitvertreib für den ganzen Tag bekamen wir genug davon. Aber bei jenem ersten Mal und viele Male danach war, wenn wir uns in der warmen blauen Umarmung der See treiben ließen und durch jadegrüne Tiefen in das reiche Meeresleben hinabblickten, auf Fische und Muscheln und die schimmernden Ranken der Unterwasserpflanzen, alles vollkommen, übertraf alles unsere kühnsten Erwartungen.

Am Körper und an den Beinen waren wir weiß wie Fische. Nur unsere Arme waren von dem englischen Sommer leicht gebräunt. Piers war seit seiner Krankheit nicht mehr schwimmen gewesen, aber seine Badehose reichte so weit hinauf, daß die Narbe verdeckt war. Rosarios südländische Haut hatte jenen Olivton, der sich im Wechsel der Jahreszeiten kaum verändert, aber ihre Gliedmaßen wirkten braun im Vergleich zu unseren. Wir setzten uns auf die Felsen in die Sonne, und sie sagte, wir dürften den Strand nicht verlassen, ohne uns anzuziehen, dürften nicht in Shorts durchs Dorf gehen oder – das zielte auf mich – ohne Kopfbedeckung und mit nackten Armen die Kirche betreten.

»Ich glaube kaum, daß ich in die Kirche gehen möchte«, sagte ich.

Sie sah mich ein wenig erstaunt an. Sie hatte überhaupt keine Scheu vor uns, und was wir sagten, brachte sie zum Lachen. »Ihr werdet überall hingehen, ihr werdet alles sehen wollen.«

»Gibt es so viel zu sehen?« Piers pflegte

schon damals auf geschriebenen Text als Beweismittel zurückzugreifen. »In dem Brief deines Vaters stand, daß man hier nur schwimmen und die Höhlen besichtigen kann.«

»Die Höhlen, ja. Natürlich müssen wir euch die Höhlen zeigen. Es gibt hunderterlei Dinge, die man hier machen kann, Piers.«

Zum ersten Mal nannte sie ihn beim Namen. Ich sah, daß er sie herzlicher, mit mehr Wärme betrachtete als vorher. Und tatsächlich erwärmt es uns, mit unserem Namen angesprochen zu werden. Wir alle kennen Menschen, die das kaum tun oder nur, wenn es absolut unumgänglich ist. Sie können Gespräche führen, Fragen stellen, Antworten geben, ohne je einen Vornamen auszusprechen, und stoßen andere vor den Kopf mit ihrer offenkundigen Distanz – all jene, die nicht verstehen können, daß es tiefe Scheu ist, die sie daran hindert, sich auf Namen festzulegen. Es könnte ja sein, daß sie die Namen verwechseln oder zu häufig verwenden und damit eine Intimität geltend machen, auf die sie keinen Anspruch haben, die sie zudringlich, dreist, plump-vertraulich erscheinen läßt. Ich weiß, wovon ich rede, denn ich gehöre zu dieser Gattung Mensch.

Wenig später nannte Rosario mich Petra, und Piers nannte sie Rosario. Ich blieb natürlich auf der anderen Seite jener Brücke, über die ich mich erst nach einigen Tagen wagen sollte.

Wir gingen zum Haus, und Rosario sagte:

»Ich freue mich so, daß ihr gekommen seid.«

Das war keine Höflichkeitsfloskel, sondern klang jubelnd glücklich. Nicht einmal zu Menschen, die ich von klein auf kannte, hätte ich mir vorstellen können, so etwas zu sagen. Wie hätte ich mich so weit vorwagen, mich der Lächerlichkeit, Spott und Verachtung preisgeben können? Und doch verspürte ich bei Rosarios Worten weder Verachtung noch das Bedürfnis, sie ins Lächerliche zu ziehen. Sie freuten mich, vermittelten mir das Gefühl, gebraucht und geschätzt zu werden. Das bedeutete aber noch lange nicht, daß ich es Rosario hätte nachtun können, und jetzt, nach vierzig Jahren, bin ich gerade erst dabei, es zu lernen.

»Ich freue mich so, daß ihr gekommen seid«, wiederholte sie vor meinen Eltern.

»Und wir freuen uns, daß wir hier sind, Rosario«, sagte Piers.

Ich sah, wie er ihr zulächelte, und begriff, daß er bis dahin kein Mädchen so richtig gekannt hatte außer mir.

3

Mein Bruder besaß all jene Gaben – gutes Aussehen, Charme, schlichte Nettigkeit und geistige Großmut –, die man (leider oft vergeblich) bei einem von den Göttern besonders begünstigten Menschen erwartet. Meine Eltern beteten ihn an. Sie waren wie Eltern aus einem Märchen, arme Bauern, die wissen, daß sie eigentlich nicht würdig sind, den ihnen von einer Hexe statt des eigenen Kindes in die Wege gelegten Königssohn aufzuziehen.

Nicht, daß er ihnen unähnlich gewesen wäre; er hatte von beiden die besten Merkmale und Wesenszüge wie auch das Beste von ihren Gaben geerbt, von meinem Vater das mathematische Talent, von meiner Mutter die Liebe zur Literatur, von beiden Sanftmut und Humor. In ihm aber waren diese Begabungen gesteigert und übertroffen. Die für das Erscheinungsbild des Menschen verantwortlichen Gene, die in ihm zusammenkamen, schufen weit größere Schönheit, als meine Eltern sie besaßen.

Er war hochgewachsen, mit sechzehn schon größer als mein Vater, und hatte dunkelbraunes, fast schwarzes Haar, jenes seidig-feine, dunkle Haar, das besonders früh ergraut. Mein Vater, damals noch nicht vierzig, war bereits grau. Piers hatte blaue Augen wie alle in unserer Familie bis auf meine Tante Sheila, deren Augen türkisfarben sind mit dunkel geränderten Pupillen. Piers hatte kein Filmstargesicht, nicht das Gesicht eines Dressman, der in modischer Kleidung auf einer Anzeige posiert, er sah aus wie das mit liebevoller Genauigkeit ausgeführte Porträt eines präraffaelitischen Malers. Wer Holman Hunts eigenartiges Bild des Valentinus kennt, der die Sylvia rettet, und sich das nachdenklich-sensible, sanftmütige Antlitz des Bewaffneten in Erinnerung ruft, weiß, was ich meine.

In der Schule war er immer der Erste gewesen. Prüfungen, zu denen er regelmäßig vor Gleichaltrigen zugelassen wurde, bestand er stets, und er bestand sie gut. Statt mit achtzehn sollte er schon mit siebzehn Jahren sein Studium in Oxford beginnen. Ob er für Naturwissenschaften begabter war als auf dem Gebiet der Geisteswissenschaften, war schwer zu entscheiden; inzwischen stand fest, daß er Philosophie studieren würde, ebensogut hätten es aber auch alte Sprachen oder Physik sein können.

Nur in den modernen Sprachen leistete er nicht Herausragendes, auf diesem Gebiet war sein Erfolg nicht größer und häufig geringer als der seiner Altersgenossen, was er auch bereitwillig zugab. An jenem ersten Abend in Llosar beglückwünschte er Rosario zu ihrem Englisch.

»Wie kommt es, daß du so gut Englisch sprichst, Rosario, obgleich du noch nie aus Spanien herausgekommen bist?«

»Ich lerne es in der Schule, und ich habe auch Privatstunden.«

»Auch wir lernen Sprachen in der Schule, manche haben außerdem einen Privatlehrer, aber offenbar wird bei uns trotzdem nichts Rechtes daraus.«

»Vielleicht sind es keine guten Lehrer.«

»Damit reden wir uns heraus, aber ob das stimmt?«

Und dann erzählte er voller Eifer von seinem holprigen Französisch, und daß die zwei Jahre Spanischunterricht reine Zeitverschwendung für ihn gewesen seien. Er würde es ja kaum fertigbringen, sagte er, sie nach der Uhrzeit oder nach dem Weg zu den Läden im Dorf zu fragen. Sie sah ihn an, wie es ihre Art war, den Kopf ein wenig schief gelegt, und sagte, sie würde ihm Spanischstunden geben, wenn er wolle, sie sei eine gute Lehrerin. Kein englisches Mädchen würde einen Jungen so ansehen, offen und abwägend zugleich und dabei seltsam mütterlich, immer praktisch, die Zukunft im Blick. Die braune Haarflut wogte ihr über ihre Schultern und in Wellen den Rücken herunter, eine lange Strähne lag über ihrem Hals wie ein herabhängender Weidenzweig.

Ich habe von meinem Bruder in der Vergangenheit gesprochen, »Piers war...« und »Piers hat...«, als habe er jene Eigenschaften nicht mehr, die er einst besaß, oder als sei er tot. Ich will keinen falschen Eindruck erwecken, aber wie anders könnte ich über diese Begebenheiten berichten? Es mag weniger obskur klingen, wenn ich nicht von Tod, vielmehr von einem Verlust spreche, einem unwiederbringlichen Verlust trotz allem, was seither geschehen ist, und von Piers' Wesen nur so, wie es mit sechzehn war, so daß klar wird, wie sehr sich eine Persönlichkeit in vierzig Jahren wandeln kann, wie Redefiguren sich verändern, akademische Kenntnisse verlorengehen und reiche Schätze praktischen Wissens gewonnen werden können. Ich war nicht eifersüchtig auf Piers, aber das war wohl eine Frage des Geschlechts. Wenn man mir gestattet, eine derart unmögliche These aufzustellen, möchte ich sagen, daß ich auf eine Schwester vermutlich sehr wohl eifersüchtig gewesen wäre. Das Mädchen als das weniger begünstigte der Geschwister kann sich immer sagen: Nun ja, so geht man eben um mit Angehörigen des anderen Geschlechts, bei ihnen ist das anders, es ist nicht so, daß ich weniger geliebt werde, daß ich minderwertig bin – nur eben anders. Habe ich mir das gesagt? Vielleicht. Insgeheim, ganz für mich. Fest steht, daß der nächste Schritt nie getan wurde; nie habe ich gefragt, wo denn dann die Vorrechte sind, auf die meine Unterschiedlichkeit eigentlich Anspruch hätte, wo die Sondervergünstigungen für die Töchter, auf die ihre Brüder verzichten müßten. Ich nahm es hin, ohne Eifersucht.

Zuerst verspürte ich keinen Groll, daß Rosario Piers zu ihrem Freund und Begleiter erkor und nicht mich. Ich merkte es natürlich und sagte mir, daß es eine Frage des Alters sei. Dem Alter nach stand sie Piers näher als mir. Und wohl auch – obgleich ich damals dafür keine Worte hatte – eine Frage sexueller Neugier. Piers hatte nie eine Freundin gehabt, Rosario keinen Freund. Ich war zu jung, um die beiden als Romeo und Julia zu sehen, aber ich spürte, daß sie sich zueinander hingezogen fühlten, wie es bei jungen Leuten üblich ist, wenn sie sich ihres Geschlechts bewußt werden und anfangen, in die Zukunft zu blicken. Es spielte keine Rolle, denn ich war nicht isoliert. Ich war immer dabei, und sie waren beide zu lieb, um mich auszuschließen. Außerdem fanden wir nach ein paar Tagen einen Vierten im Bunde.

Damals waren wir, Piers und ich, noch bezaubert vom Strand und allem, was der Strand zu bieten hatte, von diesem kilometerlangen, teils mit Erde, teils mit Sand bedeckten Küstenstreifen, aus dem die braunen Felsen wuchsen wie lebende Pflanzen, einem Strand, auf dem Pinien mit flachen schirmartigen Kronen und rötlichen Stämmen drängten. Das Meer hatte fast keine Gezeiten und war noch sauber. Wenn es auf den Sand schlug, brachte es keinen Schmutz, keinen Müll, kein Treibgut mit, sondern nur einen dünnen, blasigen Schaum, der sich bei der leisesten Berührung in klares blaues Wasser auflöste. Und unter dem Wasser lag das ungestörte Meeresleben, da gab es Helmkraut und das grüne Seegras und die tangartigen

Bäume aus gefältelter brauner Seide, zwischen deren Zweigen kleine schwarze und silberne Fische herumschwammen, Seeanemonen mit pulsierenden schnurrbärtigen Mäulern, Geschöpfe in rosa Muscheln, die sich langsam zwischen den grünen Wedeln am Meeresgrund bewegten.

Wir wateten im Wasser herum und sammelten so viele Schätze, daß wir sie gar nicht alle nach Hause schaffen konnten. Mit Rosario umrundeten wir das Kap, um die andere, bislang unsichtbare Stelle zu erkunden, und an den Stellen, wo kein Sand war, schwammen wir. Das gelbe Gras, Myrten, Thymian und Rosmarin reichten bis auf den Sand herunter, aber dort, wo das Land dem Meer begegnete, verwarf es sich zu dramatischen Felsgebilden, geädert wie Schneckenhäuser und bizarr geformt. Wir kletterten darauf herum und drangen in die Höhlen ein, mit denen die Klippen übersät waren, doch fanden wir darin nichts außer trockenem Staub, Salzgeruch und in der größten einen Ziegenschädel.

Nach drei Tagen wandten wir uns, da wir unsere Erkundungen noch nicht weiter ins Land hinein ausdehnen mochten, in die andere Richtung, zum Hafen und zum Dorf, wo die kleine Fischereiflotte auf dem Strand lag. Der Hafen war von einer hufeisenförmigen Mauer aus Kalkstein umgeben. Am Ende des rechten Bogens stand die Statue der Heiligen Jungfrau. Sie sah zum Meer hinaus, die Arme ausgebreitet, als wolle sie die Welt umfangen.

Die Umfassungsmauer ragte an die drei Meter aus dem Wasser heraus, und auf der linken Seite, *Nuestra Doña* gegenüber, saß ein Junge und ließ die Beine baumeln. Wir schwammen, wir mußten schwimmen, denn das Wasser war hier sehr tief, von einem klaren Dunkelgrün, aber marmoriert wie Malachit. Der Himmel über uns schimmerte in heißer, silbriger Bläue, die Berührung der Sonne schien geradezu spürbar. Wir schwammen einen weiten, langsamen Bogen, und der Junge schaute uns zu.

Man sah ihm an, daß er kein Mallorquiner war. Er war blaß und sommersprossig und hatte rote Haare. Heute würde ich wohl sagen, daß Will wie ein Schotte aussieht mit dem knochigen, ernsthaften, schlauen Gesicht, den hellblauen, leicht vorquellenden Augen, tatsächlich aber war er in Bedford zur Welt gekommen, die Eltern waren geborene Londoner. Ich bin nach wie vor mit ihm in Kontakt. Das ist stark untertrieben. Ich hätte sagen sollen, daß er noch immer mein Freund ist, obschon ich ihn eigentlich nie recht gemocht habe. Schon immer kam er mir verdächtig vor, auch wenn ich mich schwer damit tue, in Worte zu fassen, wessen ich ihn verdächtigte. Irgendwelcher Gaunereien vielleicht, trickreicher Pläne, mich auszunützen. Vor zehn Jahren, als er mir eine der größten Überraschungen meines Lebens bereitete, indem er mir einen Heiratsantrag machte, wußte ich, sobald ich mich wieder gefaßt hatte, daß es ihm um mein Geld gehen mußte.

Damals auf Mallorca war Will einfach ein Junge auf der Suche nach gleichaltrigen Gefährten. Er war ein Einzelkind, machte hier Urlaub mit seinen Eltern und fühlte sich einsam. Es war Piers, der ihn ansprach.

Das war typisch für Piers, für seine Güte und Herzlichkeit. Schüchternheit kannte er nicht. Wären wir Mädchen allein gewesen, hätten wir vermutlich keinen Kontakt aufgenommen, hätten auf den wachsamen Blick des Jungen auf der Hafenmauer reagiert, indem wir im Wasser herumgetollt, Purzelbäume gemacht, unseren Schmetterlingsstil vervollkommnet und andere Wasserspiele veranstaltet hätten. Wir hätten uns für ihn zur Schau gestellt wie weibliche Jungtiere unter dem Blick des Männchens und wären nach Ende der Vorstellung weggeschwommen.

Zufälligkeiten, so sagt man, sind das Grundprinzip der Geschichte. Eins führt zum anderen. Oder auch nicht, weil eben etwas anderes dazwischenkommt. Vielleicht wäre es im Lichte der späteren Ereignisse für alle Beteiligten besser gewesen, wenn Piers nichts gesagt hätte. Wir wären nie zur *Casita de Golondro* gekommen, und das, was dort geschehen ist, hätte sich nicht zugetragen, und die Heimreise hätten wir alle zusammen angetreten. Ja, wenn... Wenn Piers ein bißchen anders gewesen wäre, ein bißchen kälter, ein bißchen reservierter, mehr wie ich. Wenn wir alle es vermieden hätten, in die Richtung des Jungen zu sehen und statt dessen mit abgewandtem Blick im Hafenbecken herumgeschwommen wären, vielleicht lauter miteinander geredet, herzhafter gelacht hätten, so wie man es macht, wenn man verdeutlichen will, daß man niemanden gebrauchen kann, daß andere nicht gern gesehen sind. Fest steht, daß unser aller Leben sich in diesem Moment grundlegend änderte, weil Piers nah an die Mauer heranschwamm, grüßend einen Arm hob und rief:

»Hallo! Du bist Engländer, nicht? Wohnst du im Hotel?«

Der Junge nickte, sagte aber nichts. Er zog das Hemd und die Stoffschuhe aus. Er stand auf und streifte die lange Hose ab, faltete seine Sachen und legte sie in einem ordentlichen Stapel an die Mauer, die Schuhe obenauf. Sein Körper war dünn und bleich wie ein geschälter Zweig. Er trug eine schwarze Badehose. Wir schwammen alle herum und sahen ihn an. Wir wußten, daß er ins Wasser kommen würde, aber wir erwarteten wohl, er würde sich die Nase zuhalten und mit einem gewaltigen Platscher hineinspringen. Statt dessen vollführte er einen makellosen Kopfsprung, der Körper tauchte so sauber ins Wasser wie ein Messer, das in einen Teich geworfen wird.

Natürlich wollte er uns damit imponieren, es war »Angabe«, aber daran störten wir uns nicht. Er hatte uns wirklich imponiert, und wir gratulierten ihm. Rosario trat Wasser und klatschte. Will hatte so gekonnt das Eis gebrochen, wie er mit seinem Sprung die Wasseroberfläche durchstoßen hatte.

Er würde mit uns zurückschwimmen, sagte er, ihm gefiele »jenes Ende« vom Strand.

»Und deine Sachen?« fragte Piers.

»Die findet irgendwann meine Mutter und nimmt sie mit«, sagte er gleichmütig, im Ton des verwöhnten Einzigen, der von seinen Eltern hinten und vorn bedient wird. »Sie zwingt mich, immer ein Hemd und lange Hosen zu tragen«, fuhr er fort. »Weil ich sonst einen Sonnenbrand kriege. Ich werde rot wie ein Hummer. Ich habe nicht so viele Häute wie andere Leute.«

Ich war verblüfft, bis Piers mir später erklärte, daß jeder Mensch die gleiche Anzahl von Hautschichten hat. Es ist nicht eine Frage der Hautdicke, sondern der Pigmentierung. Später, als wir nicht mehr ganz so versessen auf den Strand waren und anfingen, das Hinterland zu erkunden, trug Will oft einen Hut, ein großes Ding aus geflochtenem Bast mit breiter Krempe. Er hatte Spaß an dieser Verkleidung, in der er aussah wie ein altmodischer Erwachsener. Will war groß für sein Alter – er war so alt wie ich –, sehr dünn und knochig, mit langem Hals.

Wir schwammen zurück zu unserem Strand und setzten uns auf die Felsen, Will zuliebe im Schatten einer Pinie. Er achtete mit großer, ja pingeliger Sorgfalt darauf, daß kein Lichttüpfelchen auf ihn fiel. Er sei zum zweiten Mal in

Llosar, erzählte er. Seine Eltern und er seien schon im Vorjahr dagewesen, er habe Rosario schon mal gesehen. Mir schien, daß er sie bei diesen Worten von der Seite ansah, mit einem geradezu intimen, geheimnisvollen Blick, als seien ihm Dinge über sie bekannt, von denen wir nichts wußten. Alles ist entdeckt, schien der Blick anzudeuten, das Strafgericht ist näher, als du denkst. Dafür gab es natürlich nicht den geringsten Grund. Rosario hatte nichts getan, was ihr hätte peinlich sein müssen, besaß kein Geheimnis, das er hätte ans Licht bringen können. Ich merkte später, daß er es mit vielen Leuten so machte und sie damit verunsicherte. Jetzt, nach so langer Zeit, würde ich sagen, daß es ein Erpresserblick war, auch wenn Will, soweit ich weiß, nie versucht hat, durch Drohungen an Geld zu kommen.

»Was macht ihr sonst noch?« fragte er. »Außer schwimmen.«

Nichts, sagten wir, noch nicht jedenfalls. Rosario ging sichtlich in die Defensive. Sie lebte fast ständig hier, und daß Will vor uns den Ortskundigen herauskehrte, war für sie ein Affront. Hatte sie nicht erst vor drei Tagen zu uns gesagt, es gäbe hier hunderterlei zu tun?

»Manchmal veranstalten sie Stierkämpfe«,

sagte Will. »In Palma, am Sonntagabend. Letztes Jahr sind meine Eltern hingefahren, aber ich nicht. Ich kippe um, wenn ich Blut sehe. Und dann gibt es die Drachenhöhlen.«

»*Las Cuevas del Drach*«, sagte Rosario.

»Sag' ich doch, die Drachenhöhlen. Und im Westen gibt es noch ganz viele Höhlen.« Will zögerte. Er überlegte wohl, was womöglich verboten war oder mißbilligt wurde, dann sagte er in einem Ton, den ich schon damals hinterhältig fand: »Wir könnten zu dem Gespensterhaus gehen.«

»Zu dem Gespensterhaus?« wiederholte Piers belustigt. »Wo ist denn das?«

Rosario sagte, ohne zu lächeln: »Er meint die *Casita de Golondro.*«

»Wie es heißt, weiß ich nicht. Es ist an der Straße nach Pollenca – das heißt, in der Nähe der Straße, irgendwo im Hinterland. Die Leute aus dem Dorf sagen, daß es dort spukt.«

Rosario wurde böse. Sie sprach immer ganz unverblümt, ohne ein Blatt vor den Mund zu nehmen, sie hätte nie ein Hehl aus ihren Gefühlen gemacht. »Woher weißt du, was sie sagen? Sprichst du Spanisch? Eben, das dachte ich mir. Der Mann, dem das Hotel gehört, hat es dir erzählt, das meinst du wohl. Der erzählt viel, wenn der Tag lang ist. Meiner Mutter hat er erzählt, daß er bei Cabo del Pinar einen Wal aus der Nähe gesehen hat.«

»Soll es dort wirklich spuken, Rosario?« fragte mein Bruder.

Sie zuckte die Schultern. »Gespenster gibt es nicht. Katholiken glauben nicht an Gespenster, das ist verboten. Pater Xaviero wäre mir sehr böse, wenn er wüßte, daß ich über Gespenster rede.« Es war ungewöhnlich für Rosario, von ihrem Glauben zu sprechen. Ich sah, daß Piers ein überraschtes Gesicht machte. »Weißt du, daß es halb zwei ist?« sagte sie zu Will, der natürlich die Uhr bei seinen Sachen gelassen hatte. »Du kommst zu spät zum Mittagessen und wir auch.« Rosario und mein Bruder hatten damals ein ganz besonderes Verhältnis zueinander. Sie verständigten sich bereits in dieser frühen Phase der Beziehung durch einen Blick, eine Handbewegung. Ein Zeichen von ihm, das er vielleicht ganz unwillkürlich gemacht, das ich jedenfalls nicht bemerkt hatte, schien ihr Einhalt zu gebieten. Sie zuckte erneut die Schultern. »Später gehen wir ins Dorf, in den Spitzenladen. Willst du mit?« Sie legte den Kopf schief und fügte mit einem Hauch von Ironie hinzu: »Dann steht die

Sonne schon tief und kann deine arme dünne Haut nicht mehr verbrennen.«

Die Spitzenklöpplerinnen arbeiteten an einer kunstvollen Tagesdecke für Rosarios Mutter. Sie hatte gemeint, es würde uns interessieren, den Frauen eine halbe Stunde bei der Arbeit zuzusehen. Gegen fünf machten wir uns auf den Weg und holten Will im Hotel ab. Er saß allein auf der Terrasse unter dem Dach aus verschlungenen Weinreben. Nur noch ein weiterer Tisch war besetzt, an ihm saßen vier Frauen, von denen eine, wie wir später erfuhren, seine Mutter war, und spielten Bridge. Will trug ein sauberes Hemd, saubere lange Hosen und seinen Basthut, und während er auf uns zuging, rief er seiner Mutter zu, was ich etwas eigenartig fand, denn wir hatten uns ja gerade erst kennengelernt, irgendwie aber seltsam gewinnend:

»Meine Freunde sind gekommen. Bis später.«

Will ist nicht, wie ich, gelähmt von der Angst, jemanden zu brüskieren, der Angst, für vorlaut, dreist oder zudringlich gehalten zu werden, doch er lebt in der gleichen steten Furcht vor Ablehnung, möchte schrecklich gern »dazugehören«. Sein Traum ist es, Mitglied in einer exklusiven Gruppe zu sein, geachtet und geliebt von seinen Gefährten, mit denen er das Wissen um ein geheimes Codewort teilt. In einer ungewohnten Anwandlung von Freimut gestand er mir einmal, ihm seien, als er hörte, wie ein Bekannter ihn im Gespräch als »mein Freund« bezeichnete, vor Glück Tränen in die Augen getreten.

Bei den Spitzenklöpplerinnen und später, bei Sonnenuntergang am Strand, erwähnte er die *Casita de Golondro* mit keinem Wort, an jenem Abend aber, als wir auf der Terrasse hinter dem Haus saßen, erzählte uns Rosario die Geschichte der *Casita*. Die Nächte in Llosar waren warm, die Luft war samtweich. Es muß Mücken gegeben haben, denn wir hatten alle Moskitonetze über dem Bett, aber ich erinnere mich allenfalls an eine oder zwei. Ich erinnere mich an die Stille, den wolkenlosen dunkelblauen Himmel und den strahlenden Glanz der Sterne. Von der Landschaft war nichts zu erkennen außer einem Umriß dunkler Hügel, an denen hie und da ein kleines Licht glomm. Der zunehmende Mond hatte die Form und die Farbe einer Melone.

Die anderen saßen in Liegestühlen, damals gab es sonst kaum etwas an »Gartenmöbeln«, heute sieht man sie überhaupt nicht mehr. Ich lag in der Hängematte, einer verschossenen Segeltuchbahn, die zwischen einem Verandapfeiler und einer Zypresse gespannt war. Der Blick meines Bruders war mit sonderbarer Intensität auf Rosario gerichtet. Der Abend ist mir wohl deshalb mit so vielen Einzelheiten in Erinnerung geblieben, weil dieser Blick mir tiefen Eindruck machte. Es war, als habe Piers noch nie ein Mädchen gesehen. So scheint es mir jetzt. Mit dreizehn habe ich das wohl kaum so empfunden. Damals war es mir peinlich, wie er sie anstarrte. Sie erzählte von dcr *Casita*, und er sah sie unverwandt an, aber wenn sie ihn anschaute, wandte er lächelnd den Blick ab.

Offenbar hinderte ihre Religion sie jetzt nicht mehr daran, von Gespenstern zu reden. Man konnte sich des Eindrucks nicht erwehren, daß dies etwas mit Wills Rückkehr ins Hotel zu tun hatte. »Wenn es nicht Nacht wäre«, sagte sie, »könnte man die Bäume sehen, die um das Haus herumstehen.« Sie deutete durch die Dunkelheit nach Südwesten, wo die Berge begannen. »*Casita* heißt ›kleines Haus‹, aber es ist eigentlich ziemlich groß und sehr alt. Vorn ist eine große Tür und hinten sind ... ich weiß nicht, wie man das nennt ... Bogen und Säulen.«

»Ein Kreuzgang?« fragte Piers.

»Ja, vielleicht. Danke. Und es gibt einen großen Garten mit einer Mauer drum herum und ein eisernes Tor. In dem Garten sind nur Bäume und Büsche, ganz verwuchert, und die Mauer ist kaputt, deshalb habe ich hinten hineinsehen können, in den ... wie sagst du ... den Kreuzgang.«

»Aber das Haus ist nicht bewohnt?«

»Seit ich denken kann, wohnt dort niemand mehr. Aber es gibt einen Besitzer, es gehört jemandem, nur kommt er nie. Alles ist abgeschlossen. Will erzählt, was die Leute aus dem Dorf sagen, aber was sie wirklich sagen, das weiß er gar nicht. Es gibt dort keine Gespenster, keine toten Leute, die wiederkommen, nur einen bösen Raum in dem Haus, in den darf man nicht hinein.«

Natürlich fanden wir, Piers und ich, diesen letzten Satz sehr aufregend, zumal er durch das nicht ganz idiomatische Englisch noch verführerischer klang. Die Erinnerung aber, die mich jetzt am stärksten berührt, ist die an Rosarios vorhergehende Worte von den toten Leuten, die wiederkommen. Es ist eine Zeile aus der

Vergangenheit, längst vergessen, die ihrerseits »wiederkam«, als schmerzhaft eine Saite in meinem Gedächtnis angeschlagen wurde. Ich ertappte mich dabei, wie ich sie lautlos vor mich hin sagte, wie ein Mantra oder eins der Gebete aus jenem Rosenkranz, dem sie ihren Namen verdankt. Tote Leute, die wiederkommen, Verlorene, die von den Toten auferstehen, die Toten, die endlich zurückkehren.

An dem Abend aber waren es, wie gesagt, die Worte, die auf jenen prophetischen Satz folgten, die uns am meisten beeindruckten. Piers wollte sofort Näheres über den »bösen Raum« wissen, aber in der besten Tradition aller Erzähler von Gespenstergeschichten gab Rosario vor, nicht genau zu wissen, welches Zimmer es sei. Der Besucher, so hieß es, würde es merken. Der Raum offenbare sich selbst.

»Es heißt, daß die, die in das Zimmer gehen, nie wieder herauskommen.«

Wir waren entsprechend beeindruckt. »Meinst du damit, daß sie verschwinden, Rosario?« fragte mein Bruder.

»Ich weiß nicht, ich kann es dir nicht sagen. Es heißt, daß man sie nicht wiedersieht.«

»Aber du sagst, daß es ein großes Haus ist, es muß viele Zimmer darin geben. Wenn man wüßte, welches das Spukzimmer ist, könnte man doch einfach einen Bogen darum machen, nicht?«

Rosario lachte. Ich denke, sie selbst hat nie an das Gerede geglaubt, hat sich nie gefürchtet. »Vielleicht merkt man es erst, wenn man in dem Zimmer steht, und dann ist es zu spät. Wie gefällt dir das?«

»Sehr gut«, meinte Piers. »Es klingt wunderbar gruselig. Ist denn schon mal jemand verschwunden?«

»Ja, der Vetter von Carmela Valdez. Es heißt, er habe ein Fenster eingeschlagen und sei eingestiegen, weil es dort etwas zu stehlen gab, er war ein schlimmer Mensch, er hat nicht gearbeitet.« Sie suchte nach einer treffenden Redewendung und griff ein bißchen daneben: »Der schwarze Ziegenbock der Familie.« Rosario war zu Recht stolz auf ihr Englisch und sah, als wir sie auslachten, ziemlich selbstbewußt drein. Vielleicht hörte sie schon die Bewunderung, die in Piers' Lachen mitschwang. »Er ist tatsächlich verschwunden, aber nur in einem Gefängnis in Barcelona, glaube ich.«

Was *golondro* heißt, wollte sie Piers nicht sagen. Er solle es nachschlagen, dann könne er es sich besser einprägen. Piers holte das Lexikon, das er und Rosario benutzen wollten, und da stand es: Laune, Begierde, Wunsch.

»Das kleine Haus der geheimen Wünsche«, sagte Piers. »Unvorstellbar, daß ein englisches Haus so heißen könnte, nicht?«

Meine Mutter brachte uns das Abendessen und kalte Getränke auf einem Tablett. An jenem Abend war nicht mehr von der *Casita* die Rede, und eine Weile ruhte das Thema ganz. Am nächsten Tag begann Piers mit dem Spanischunterricht bei Rosario. Nach dem Essen, zur Siesta, blieben wir immer einige Stunden im Haus, zwischen zwei und vier war die Hitze fast unerträglich. Aber Halbwüchsige finden tagsüber keinen Schlaf. Ich lief herum und sehnte die magische vierte Stunde herbei. Ich las oder schrieb Tagebuch oder schaute aus dem Schlafzimmerfenster über die gelben Hügel, die graue Ölbäume krönten und an deren Hängen Lorbeer- und Wacholderbäume wuchsen, die wie waagerechte schwarze Stiche auf einem Stickbild waren, und jetzt, da ich von seiner Existenz wußte, spekulierte ich über die Lage des Hauses mit dem Gruselzimmer.

Piers und Rosario zogen sich zu ihrer täglichen Unterrichtsstunde in das kühle Eßzimmer mit den Möbeln aus dunklem geschnitzten Holz zurück. Sie hatten uns anderen den Eintritt nicht verboten. Dazu, so dachten sie wohl in ihrer Bescheidenheit, war das, was sie taten, kaum wichtig genug, und so setzte sich meine Mutter an den Schreibtisch und schrieb Briefe, während Concepción, die für uns putzte und kochte, Silber in eine Schublade der Anrichte legte oder eine saubere Spitzendecke über den Tisch breitete. Ich kam und ging, und dabei hörte ich nicht auf Rosarios Worte, sondern auf ihren geduldigen Ton, ihre belehrende Art. Einmal sah ich, wie sie Piers' Aussprache korrigierte, indem sie den Finger, an dem ein Ring mit zwei kleinen goldgefaßten Türkisen steckte, auf seine Lippen legte und ihn dort liegenließ, als versuche sie, seinen Mund um den weichen Kehllaut herumzumodellieren. Und ich sah sie nah beieinandersitzen, Seite an Seite, den glatten, dunklen, edel geformten Kopf meines Bruders, Rosarios rotbraune Haarfülle, die ihr über die Schultern fiel wie ein Mantel und die mir immer vorkam wie ein Cape aus poliertem Holz, mit der Tiefe und der Maserung und dem Glanz von Holz, als sei sie eine Nymphe, aus einem Baumstamm herausgeschnitzt.

So waren sie jeden Nachmittag zusammen

und kamen sich immer näher, und wenn der Unterricht vorbei war und wir alle drei in die Nachmittagssonne hinaustraten, zum Strand gingen oder ins Dorf oder zum Hotel, um Will abzuholen, sprachen sie Spanisch miteinander, Gespräche, die uns ausschlossen. Sie muß eine gute Lehrerin und mein Bruder ein eifriger Schüler gewesen sein, denn er, der nach eigener Einschätzung Sprachunbegabte, lernte rasch. Schon eine Woche später schwatzte er unbekümmert drauflos, allerdings habe ich nie erfahren, wie idiomatisch er die Sprache beherrschte. Er und Rosario redeten und lachten in ihrer eigenen Welt, die meinem Bruder um so wunderbarer vorkommen mußte, als er nie erwartet hatte, dort Einlaß zu finden.

So, wie es hier steht, klingt es schlimm für mich, aber es war nicht so arg. Piers war nicht egoistisch und schon gar nicht grausam. Von den mir Nahestehenden begriff nur er meine Schüchternheit und meine Ängste: die Tür, die mir vor der Nase zugeschlagen wird, der Geheimcode, in dessen Mysterien – wie in einem bösen Traum – meine Gefährten eingeweiht worden sind, ich aber nicht. Nach einer halben Stunde spanischer Unterhaltung besannen er und Rosario sich auf ihre Manieren, auf ihre Pflicht Will und mir gegenüber, und kehrten zurück in die Sprache, die uns allen gemeinsam war. Nur einmal hatte Will Anlaß zu sagen: »Ich denke doch, wir sprechen alle Englisch, wie?«

Dennoch war nicht zu übersehen, daß Piers und Rosario mittlerweile meinten, Will sei für mich da, so wie sie füreinander da waren. Weil sie es unbedingt so sehen wollten, sahen sie es bald auch so. Sie hatten nur den einen Wunsch, miteinander allein zu sein. Damals wußte ich das nicht, es hätte mich sehr getroffen, wäre mir unverständlich gewesen; jetzt verstehe ich es sehr gut. Es war heldenhaft gehandelt von meinem verliebten, meinem zum ersten Mal verliebten Bruder, daß er mich und Will überallhin mitnahm, daß er unverändert höflich und lieb und rücksichtsvoll zu uns war. Zwischen dreizehn und sechzehn liegt eine tiefe Kluft. Ich wußte davon nichts, aber Piers wußte es. Er wußte, daß keine Brücke des Verstehens von unten nach oben führt, und machte entsprechende Zugeständnisse.

An dem Tag, nachdem die Quallen gekommen waren und der Strand nicht mehr lockte, war uns, wenn auch nur vorübergehend, unser liebster Zeitvertreib in Llosar genommen. Auf der Mauer einer Brücke über einem ausgetrockneten Flußlauf sitzend, betrachteten wir das kahle, aber schöne Binnenland, die Straße, die wie ein Band die Insel bis nach Palma durchzog, mit dem Abzweig, der zum nördlichen Kap führte.

»Wir könnten uns das kleine Spukhaus ansehen«, sagte Will.

Er sagte es boshaft, um Rosario zu »triezen«, die er ebensowenig mochte wie sie ihn. Aber sie reagierte weder verärgert noch ablehnend, sie lächelte nur und sagte auf spanisch etwas zu meinem Bruder.

»Warum nicht?« sagte Piers.

4

Sie waren wunderschön, diese Quallen, Piers wurde nicht müde, es zu wiederholen. Ich fand sie abstoßend. Als ich viel später einmal eine dieser Spezies in einem Meeresmuseum sah, wurde mir übel. Der Anblick schnürte mir die Kehle zu, ich glaubte zu ersticken und mußte gehen. *Phylum cnidaria,* Medusa, die Qualle. Sie verdankt ihren Namen der Gorgo mit ihrem Schlangengeringel als Haar, deren Anblick die Menschen zu Stein erstarren läßt.

Die Quallen, die zu Tausenden in Llosar an den Strand geschwemmt wurden, waren glasig-transparent und aquamarinblau, von ihren schirmartigen Körpern hingen kristallklare Fühler oder Stengel wie Stalaktiten. So sahen sie zumindest aus, wenn sie knapp unter der blauen Wasseroberfläche trieben. Hilflos im Sand und auf den Steinen liegend, schrumpften sie zu wabbeligen Platten, die aussahen wie zusammengefallener Wackelpudding. Mein gutherziger Bruder versuchte sie mit Wills Hilfe ins Wasser zurückzubefördern, um sie vor der Sonne zu retten, doch das Meer schlich sich, obschon fast gezeitenlos, immer wieder an und schwemmte sie an Land. Daß die beiden es über sich brachten, diese klamme, bibbernde Gallertmasse zu berühren, war mir unbegreiflich. Auch Rosario hielt Abstand und verfolgte die Bemühungen mit belustigter Nachsicht.

Am nächsten Tag erhob sich ein gewaltiger Gestank am Strand, wo die Sonne die Medusen zerkocht hatte und jetzt den Vorgang der Verwesung und Verwüstung noch beschleunigte. Wir hielten uns fern, schlenderten statt zum Strand ins Dorf und von dort die Straße nach Pollenca entlang, die durch Aprikosen- und Mandelbaumhaine führte. Die Aprikosen trockneten auf flachen Holztabletts in der Sonne, in einer lastenden, tagaus, tagein gleichbleibenden Hitze. Wir waren seit zwei Wochen in Llosar und hatten noch nicht eine Wolke am Himmel gesehen. Sein Blau leuchtete in der Glut einer unsichtbaren Sonne. Wir sahen die Sonne nur, wenn sie unterging und zischend ins Meer tauchte wie rotglühendes Eisen, das im Wasser abgeschreckt wird.

Auf der Straße spendeten die Obstbäume, auf der Brücke über dem ausgetrockneten Flußbett die dichten Zweige der Pinien Schatten. Bei dieser Rast, mit dem Blick auf die gelben Hänge und die Olivenhaine, machte Will seinen Vorschlag, das »Spukhäuschen« zu besichtigen, und mein Bruder sagte: »Warum nicht?« Rosario lächelte leise, fast verstohlen, und als wir uns wieder in Bewegung setzten, gingen Will und ich voran, sie und Piers folgten uns.

Es war nicht weit zur *Casita de Golondro*. Wären es mehr als zwei Kilometer gewesen, hätten es sich wohl selbst die »verrückten Touristen«, wie sie uns im Dorf nannten, sehr überlegt, bei dieser Hitze den Weg zu Fuß zurückzulegen. Es gab einen Bus nach Palma, der aber war schon lange weg, ehe wir uns auf den Weg gemacht hatten. Kein Wagen kam uns entgegen, keiner überholte uns. Heutzutage ist das in Mallorca schwer vorstellbar. Natürlich gab es Autos auf der Insel. Meine Eltern hatten sich mehrmals einen Wagen mit Fahrer gemietet, und in zwei Tagen wollten wir alle zu den Drachenhöhlen fahren. Aber Motorfahrzeuge waren unüblich, verursachten Aufsehen und Gerede. Als wir zu dem Abzweig kamen, der zur *Casita* führte, einer unbefestigten Straße, kam uns ein Fahrzeug entgegen, ein betagter Citroën, dessen schwarzer Lack von Steinschlägen zersplittert und verschrammt war. Es war das einzige Auto, das wir an jenem Tag zu Gesicht bekamen.

Das Spukhaus, das Haus der Begierde, das Haus der geheimen Wünsche, war hinter kräftig-dichtem Baumwuchs verborgen und von der Straße aus kaum zu sehen. Dieses Gehölz mit seinen uns unbekannten Bäumen – Johannisbrotbäume, Steineichen und Bergpinien – sah man von Llosar aus als undurchsichtigschwarzen Flecken auf den ausgebleichten Gelb- und Grautönen, das Haus hingegen nicht. Selbst hier schimmerte es nur schemenhaft zwischen den Stämmen durch, ein Stück Mauer mit verblaßtem ockerfarbenen Putz, ein ziegelgedecktes Flachdach. Die verputzte Mauer, die sich um das Grundstück – den »Landsitz«, wie Piers sagte – herumzog, war so hoch, daß keiner von uns hinüberschauen konnte, und den ersten Blick auf die *Casita* taten wir durch die zerbrochenen Streben, Bögen und Schnörkel eines zweiflügeligen schmiedeeisernen Tores, das mit einem Vorhängeschloß gesichert war.

Wir gingen an der Mauer entlang, die sehr bald von der Straße weg über steiniges Gelände, vorbei an verkrüppelten Ölbäumen, Kräuterbüschen und Myrten bergab führte und an vielen Stellen durch einen Wacholder aufgerissen worden war, der in kraftvollem Wachstumsschub Steine und Mörtel beiseite gedrängt hatte. Hätten wir die größte dieser Lükken von der Straße aus gesehen, hätten wir uns einen halben Kilometer sparen können. Nur Rosario erhob Einspruch, als Will begann, sich durch den Spalt zu schieben. Wir seien nachgerade zu alt für so etwas, sagte sie, aber das Lächeln meines Bruders, das auch sie bemerkt hatte, verriet uns, wie sehr ihn das amüsierte. Damals begriff ich es nicht, heute ist es mir durchaus verständlich. An sich sah es Piers wirklich nicht ähnlich, sich auf so ein Abenteuer einzulassen, dafür war er zu alt und auch zu verantwortungsbewußt. Normalerweise hätte er freundlich, aber bestimmt nein gesagt und sich entschieden geweigert, noch ein Wort über das Vorhaben zu verlieren. Aber er hatte zugestimmt, hatte »Warum nicht?« gesagt. Der Grund war wohl, daß er die *Casita* als einen Ort sah, an dem er mit Rosario allein sein konnte.

Nicht etwa in der Hoffnung auf ein sexuelles Abenteuer, nicht in der Hoffnung, mit ihr zu schlafen, nein, so meine ich es nicht. Zu jener Zeit, in jener Phase ihrer Beziehung dachte er wohl noch nicht an dergleichen. Aber man muß sich das einmal vorstellen: So, wie die Dinge lagen, hatte er kaum einmal Gelegenheit, auch nur mit ihr zu sprechen, ohne daß andere dabei waren. Selbst bei dem nachmittäglichen Unterricht gab es ständig Störungen. Auf Schritt und Tritt waren Will und ich ihnen auf den Fersen. Abends auf der Veranda saß ich dabei. Ich wäre gar nicht auf die Idee gekommen, mich nicht zu ihnen zu setzen, und selbst die taktvollste Andeutung, die beiden allein zu lassen, hätte mich – wie mein Bruder sehr wohl wußte – tief geschmerzt. Es war wohl auch so, daß meine Eltern es gar nicht gern gesehen hätten, wenn sie miteinander allein geblieben wären, daß sie energisch gegengesteuert hätten, vielleicht sogar mit uns nach England zurückgefahren wären.

Hatte er mit Rosario darüber gesprochen? Ich weiß es nicht. Fest stand, daß sie nichts mehr dagegen einzuwenden hatte, sich das Spukhaus anzusehen, während sie vorher entschieden dagegen gewesen war. Wenn Piers in sie verliebt war, so beruhte das ganz gewiß auf Gegenseitigkeit. Aus vierzigjährigem Abstand deute ich Worte und rasche Blicke, heimliche Augenkontakte und verzückte Mienen als das, was sie waren – die Anzeichen erster Liebe. Damals deutete ich das alles höchstens so, daß Piers und Rosario aufgrund ihrer Spanischkenntnisse ein besonderes Wissen besaßen, das sie verband und mich ausschloß.

Der Garten war zu jener Zeit nur noch ein ummauertes Stück Hang. Er war rettungslos verwildert. Innerhalb der Mauer wuchsen ein paar Baumarten, die man draußen nicht fand. Zerbrochenes Mauerwerk lag zwischen den Myrten und dem Arbutus, den Resten eines Brunnens und bemoosten Skulpturen. In der Luft hing der Duft von Lorbeer, der anderswo nicht sehr üppig wuchs, und rosa blühende Heidekrautpflanzen standen so hoch wie kleine Bäume. Früher hatte es hier Wege gegeben, aber unter dem Teppich zäher kleiner Immergrünpflanzen waren sie kaum noch auszumachen. An manchen Stellen mußten wir uns regelrecht durchkämpfen, uns einen Weg zwischen Dornengestrüpp und Lorbeer und Rhododendren bahnen, aber wir ließen nicht lokker, und als wir durch das letzte Wacholderdikkicht gebrochen waren, standen wir auf einer Lichtung, die mit rissigen Steinplatten belegt war. Von hier aus sah man plötzlich das Haus, verblüffend nah, der Kreuzgang nur wenige Meter entfernt. Es war wie in einem Traum, in dem Entfernungen keine Bedeutung haben und man Meilen in Sekunden zurücklegt. Das Haus tauchte auf, lag vor uns, als sei es uns entgegengekommen.

Es war kein »Häuschen«. Der Ausdruck ist relativ; mag sein, daß die Leute, die ihn prägten, anderswo ein Schloß besaßen. In meinen Augen war es ein Herrenhaus, größer als irgendeins, in dem ich je gewesen war. Man hätte die Villa von José-Carlos in Llosar und unser Haus in London in die *Casita* stellen können, wo beide sich irgendwo in den vielen Räumen verloren hätten.

Die Außenwände waren verputzt, und an vielen Stellen war der Putz abgefallen, so daß die hellen Backsteine freilagen. Der Kreuzgang bestand aus acht Bögen auf schlanken Säulen, »maurisch«, wie Will sagte, obwohl er bestimmt gar nicht so genau wußte, was das hieß. Darüber waren eine Reihe von Fenstern mit geöffneten Läden und steinernen Balkonen, ein mit Dachpfannen belegter Überhang, noch ein

Streifen Putz mit Stuckarbeiten in Gefachen, und den Abschluß bildete das fast flache rosafarbene Ziegeldach. In dem Kreuzgang war links von der Mitteltür das Fenster, das angeblich der Vetter von Carmela Valdez eingeschlagen hatte. Über die Fensteröffnung hatte jemand ein Stück Stoff genagelt; Plastik war damals noch nicht so reichlich verfügbar. Will war der erste, der näher an das Haus heranging. Er trug seinen Basthut, ein langärmeliges Hemd und lange Hosen. Er zupfte an dem Stoff vor der zerbrochenen Scheibe herum, bis sich eine Ecke löste und er hineinschauen konnte.

»Nichts drin«, meldete er. »Ein ganz gewöhnliches leeres Zimmer. Vielleicht ist es *das* Zimmer.«

»Ist es nicht«, widersprach Rosario, ohne zu sagen, woher sie das wissen sollte.

»Ich könnte einsteigen und euch die Tür aufmachen.«

»Wenn es *das* Zimmer ist, kommst du nicht wieder raus«, wandte ich ein.

»Ein Tisch steht drin, mit einer Kerze drauf.« Will hatte den Kopf durchs Fenster gesteckt. »Da hat jemand gegessen, es liegt noch Brot da und allerlei Zeug. Igitt, wie das stinkt! Ob da Ratten sind?«

»Ich finde, wir sollten nach Hause gehen.« Rosario sah Piers an, und Piers sagte rasch:

»Wir gehen nicht hinein. Heute nicht. Vielleicht überhaupt nie.«

Will zog den Kopf zurück, und der Hut fiel herunter. »Klar geh ich rein. Irgendwann. Ich fahr nicht weg, eh ich dringewesen bin. Nächste Woche reisen wir ab. Von mir aus können wir ja jetzt nach Hause gehen, dann bin ich aber dafür, daß wir morgen wieder herkommen und uns umsehen, damit wir Bescheid wissen.«

Worüber wir dann Bescheid wissen würden, erläuterte er nicht näher, aber das war auch nicht nötig. Das Haus war eine Herausforderung für uns. Außerdem waren wir jetzt schon zu weit gekommen, um uns noch abschrecken zu lassen. Trotzdem ist es mir heute noch ein Rätsel, warum uns, die wir die Strände hatten und das Meer, das weite Land, das Dorf, die Boote, die uns jederzeit nach Pindar oder Formentor gebracht hätten, dieses verlassene Haus mit seinen leeren Räumen so unwiderstehlich anzog. Für Piers und Rosario mochte es seinen Reiz als geheimer Treffpunkt haben, aber warum war es für Will und mich so verlokkend, so verführerisch?

Will sprach es aus, mit den Worten so manchen Forschers und Bergsteigers. »Weil es *da* ist.«

Am nächsten Tag fuhren wir alle miteinander zu den *Cuevas del Drach*. Wills Eltern, die inzwischen mit unseren Eltern bekannt geworden waren, kamen mit, wir fuhren in zwei Wagen. An der Straße zwischen C'an Picafort und Arta wuchs der Arbutus, der, wie Wills Mutter sagte, in ein, zwei Monaten gleichzeitig weiße Blüten und rote Früchte tragen würde. Das hätte ich gern gesehen und überlegte, ob ich es je erleben würde. Die Früchte, sagte sie, seien wie Erdbeeren, die auf Zweigen wuchsen.

»Sie sehen aus wie Erdbeeren, aber sie schmecken nach nichts.«

Das ist eine der wenigen Bemerkungen von Iris Harvey, die mir in Erinnerung geblieben sind. Wörtlich jedenfalls. Damals fand ich sie traurig, jetzt betrachte ich sie als Aphorismus. Die Früchte des Arbutus sind wunderschön, rot und leuchtend, sie sehen aus wie Erdbeeren, aber sie schmecken nach nichts.

Der Arbutus wachse nur auf diesem Teil der Insel, sagte sie, sie schien sehr genau Bescheid zu wissen. Daß eben diese Büsche in üppiger Fülle das Spukhaus umgaben – das allerdings wußte sie nicht. Ich erkannte sie jetzt, nachdem ich die auf der Straße nach C'an Picafort gesehen hatte, an den glatten, glänzenden Blättern, die aussahen, als gehörten sie zu Kulturpflanzen und nicht zu wilden Büschen. Zwischen den geborstenen Platten, zwischen Wacholder und Myrten, wo alles staubtrocken war, hatte ich ihre Blätter gesehen, saftiggrün, als würden sie täglich gewässert.

Auf dem Rückweg inspizierten wir den Strand, wo die Quallen fast verschwunden waren, nur nasse Flecken auf den Steinen waren geblieben, schillernd wie Schneckenspuren. Piers und Rosario setzten sich zu ihrem Unterricht auf die Veranda, und Will ging zurück ins Hotel, die Manschetten zugeknöpft, den Hut tief ins Gesicht gezogen.

»Dann also morgen«, hatte Piers zu ihm gesagt, und Will hatte genickt.

Mehr war nicht nötig. Wir sprachen untereinander nicht darüber. Die Entscheidung war gefallen, wir hatten sie, jeder für sich, womöglich alle gleichzeitig getroffen, in den Autos oder in den Höhlen oder am Ufer des unterirdischen Sees. Morgen würden wir das Spukhaus betreten und uns darin umsehen, weil es *da* war. Vorher aber geschah etwas Schreckliches oder Wundervolles, je nachdem, wie man es betrachtete, wie *ich* es betrachtete, und eben darüber bin ich mir nie ganz klargeworden. Ich war ganz davon erfüllt, ich konnte kaum an etwas anderes denken.

Meine Eltern waren zu Bett gegangen. Ich war in dem Zimmer, das ich mit Rosario teilte, hatte mich noch nicht hingelegt, sondern war damit beschäftigt, mein Moskitonetz in Ordnung zu bringen. Das Hotel, in dem wir zur Zeit wohnen, ist vollklimatisiert, so daß man nie ein Fenster aufmacht. Bei jeder Bewegung, beim Anziehen und beim Schlafen umgibt uns eine Kühle, die wir in England nie dulden würden, eine windbewegte Frische, die in seltsamem Gegensatz zu dem steht, was man durch die Scheiben sieht, zu dem wolkenlosen Himmel und den verdorrten Hängen. Ich fand es schöner, als man die Läden zurückschlagen und die Fensterflügel weit öffnen konnte, unter dem Netz war man vor Insekten geschützt und lag doch in einem luftigen Raum. Das Netz war ähnlich angebracht wie die Vorhänge am Baldachin eines englischen Himmelbetts, und weil wir morgens beim Aufbruch zu den *Cuevas* in Eile gewesen waren, hatte ich vergessen, es zu schließen.

Nachdem ich mich vergewissert hatte, daß

sich in den Falten keine Mücken versteckt hatten, zog ich die Vorhänge zu und machte das Licht aus, um nicht weiteres Getier anzulokken. Sentimental, wie ich war, brachte ich es nicht fertig, die Spinne, die ich gefunden hatte, zu töten, sondern trug sie in meinem Taschentuch zum Fenster und entließ sie in die Nacht. Der zunehmende Mond hing wie eine Tropfenperle am Himmel, die Sterne leuchteten hell. In dem kleinen ummauerten Garten herrschte Dunkelheit, eine satte, klare, gleichsam glimmende Dunkelheit, dennoch waren alle Einzelheiten deutlich zu erkennen. Es fehlte nicht an Klarheit, nur an Farbe. Die Welt da draußen war monochrom, schwarz und silbern, zinn-, perl- und bleigrau, dazu kam der undurchsichtig-samtige Grauton der Steine. Der Mond leuchtete opalweiß, die Sterne waren keine Welten, sondern lichterfüllte Öffnungen im Himmel.

Ich sah die beiden nicht gleich. Ich schaute über den Garten hinweg auf die Kette der Hügel und Berge, massiv gezackte Schwärze vor dem hell schimmernden Himmel, als ein leiser Laut, eine leichte Bewegung ganz in der Nähe meinen Blick nach unten lenkte. Sie hatten nebeneinander auf der Steinbank im Schlagschatten der Mauer gesessen. Zuerst stand Piers auf, dann Rosario. Er war viel größer als sie, er sah auf sie herunter, sie zu ihm hoch, sie standen Auge in Auge. Er legte die Arme um sie und seinen Mund auf den ihren, und einen Moment, ehe sie in den schützenden Schatten zurücktraten, schien mir, daß sie sich so nahe waren, als seien sie eins, wie zwei ineinander verschlungene, zu einem Stamm verschmelzende Zypressen. Und der Schatten, den sie warfen, war der lange speerförmige Schatten einer einzigen Zypresse auf mondweißen Steinen.

Ich war sehr erschrocken. Ich war schokkiert. Mit einem Schlag hatte sich meine Welt verändert. Ich kam mir vor wie abgehängt. Ich drehte mich weg, mit der betroffen-abwehrenden Bewegung eines Menschen, der Zeuge einer Gewalttat geworden ist. Ich kroch unter mein Moskitonetz, zog die Vorhangfalten um mich und verbarg mich in ihrem Dunkel. Steif und starr lag ich da, die Hände ineinander verkrampft, dann warf ich mich herum und wühlte das Gesicht ins Kissen.

Rosario kam nach oben in unser Zimmer und sprach mich leise an, aber ich gab keine Antwort. Sie schloß die Tür, und ich wußte, daß sie sich im Dunkeln auszog. Noch nie im Leben hatte ich mich so einsam gefühlt. Nie würde ich einen Menschen haben, immer würde ich allein sein. Verlassen zurückzubleiben – das stellte sich mir nun als erschrekkende Realität, als etwas Unausweichliches dar, mit dem ich würde fertig werden müssen, und als letztes, ehe der Schlaf kam, sah ich in meiner Vorstellung den nächsten Morgen vor mir, sah mich aufstehen und feststellen, daß sie alle fort waren, meine Eltern und Piers und Rosario, das Hotel leer, das Dorf verlassen, Mallorca ein wüstes Eiland und ich der einzige wilde, verlassene, wahnsinnige Mensch darauf. Doch nein, das allerletzte, was ich vor dem Einschlafen sah, war die doppelstämmige Zypresse im Garten mit den ineinander verschlungenen Ästen und dem einen speerförmigen Schatten.

5

Wir betraten das Haus der geheimen Wünsche, das Gespensterhäuschen *(la casita que tiene fantasmas)* durch die vordere Tür, Rosario zuerst. Will war durch das zerbrochene Fenster eingestiegen und hatte die Tür im Säulengang aufgemacht. Sie war mit einem der üblichen Schlösser versehen, die sich von innen mit einem Drehknopf, von außen aber nur mit einem Schlüssel öffnen lassen. Piers folgte ihr, und ich folgte ihm mit dem Gefühl, die Letzte zu sein, die Geringste, die Unerwünschte.

Natürlich war das Unsinn. Die Wandlung hatte sich in meinem Kopf vollzogen, nicht in den äußeren Umständen. Morgens, beim Aufstehen, fand ich mich keineswegs von aller Welt verlassen, an einem fremden Ort ausgesetzt, sondern wurde genauso behandelt wie sonst auch. Piers begegnete mir ebenso brüderlich-herzlich, meine Eltern ebenso liebevoll, Rosario war die freundlich-teilnehmende Gefährtin, die sie immer gewesen war. Ich war es, die sich geändert hatte. Meine Augen hatten gesehen, und ich war verwandelt.

Ich konnte, wie gesagt, an nichts anderes denken. Was ich gesehen hatte, rief keine Erregung, keinen Kitzel hervor, ich wünschte mir auch nicht, es nie gesehen zu haben, sondern hätte mir vielmehr gewünscht, es wäre nie geschehen. Ich war nicht befangen, wenn ich mit ihnen zusammen war – was ja verständlich gewesen wäre –, ich hatte nur (völlig grundlos) das Gefühl, daß sie einander lieber mochten als mich, daß sie das auf eine Art und Weise zum Ausdruck brachten, wie sie es mir gegenüber nie hätten ausdrücken können, und daß deshalb nun auch Will irgendwie und irgendwo, irgendwelcher Dinge wegen, von denen er gar nichts wußte, gar nichts wissen konnte, die beiden mir vorzog.

Auf dem Weg zur *Casita* hatte ich sehr wenig gesagt. Natürlich dachte ich, Piers würde mich fragen, was los sei. Ich hätte ihn angeschwindelt. Aber darum ging es gar nicht. Es ging darum, daß ich es nicht begreifen konnte. Warum nur, warum? Was hatte sie bewogen, so zu handeln, sich so zu benehmen, wie ich es im Garten gesehen hatte? Für mich waren sie andere Menschen geworden, fremde, geheimnisvolle Wesen. Zum ersten Mal bekam ich eine schwache Vorstellung davon, wie wenig durchschaubar der Mensch im Grunde ist, es war meine erste Ahnung von dem, was Einsamkeit ausmacht. Ganz klar begriff ich damals nur so viel, daß wir, einst eine Gruppe, die fest zusammenhielt, jetzt zweigeteilt waren: Piers und Rosario, Will und ich.

Dabei hatte ich mir Will nicht ausgesucht. Nur selten suchen wir uns unsere Bekannten, die Menschen, die wir Freunde nennen, selbst aus. Sie werden uns auf die unterschiedlichste Art und Weise aufgenötigt. Hundert Menschen an uns vorbeiziehen zu lassen und einen oder zwei davon auszuwählen – das ist uns nicht vergönnt. Damals wußte ich davon nichts, ich verübelte es Will, daß er Will war, ein dreister, aufdringlicher Junge mit rotem Haar und dünner, empfindlicher Haut, und daß er soviel weniger nett war als mein Bruder oder Rosario. Doch er war für mich da, sie waren es nicht. Nicht mehr. Ich spürte, daß seine Einstellung zu mir ganz ähnlich war. Ich war zweite Wahl, mehr stand ihm nicht zu, ich war seine Gefährtin – in Ermangelung von Besserem. Das sollte mein künftiges Los im Leben sein – und seins vielleicht auch, doch das kümmerte mich wenig. Und weil all dies mich beschäftigte, trennte ich mich in der *Casita* von Piers und Rosario, die eins der Zimmer betreten hatten, und von Will, der die vordere Halle erkundete, und ging allein die Treppe hinauf.

Ich hatte keine Angst vor dem Haus, zumindest damals nicht. Dazu war ich zu tief getroffen. Mein ganzes Elend, all meine Ängste gründeten in menschlichem Tun, waren nicht von übernatürlichen Kräften bewirkt. Wenn ich überhaupt an das »böse Zimmer« dachte, dann mit jener Leichtfertigkeit, jenem Fatalismus, die sich im Gefolge einer bestimmten Art der Traurigkeit einstellen: Die Dinge stehen so schlimm, daß jedes, aber auch jedes neu eintretende Ereignis – ob Katastrophe, Verlust oder Tod – als Erleichterung empfunden wird. Ich stieg also die Treppe hinauf und erforschte ohne Beklommenheit und ohne große Anteilnahme das ganze Haus, sah in alle Zimmer.

Es war drei Stockwerke hoch. Mit Ausnahme einiger Gegenstände, die sich nur mit Mühe fortbewegen oder abnehmen ließen – schwere Wandspiegel in vergoldeten Rahmen, ein wuchtiges Bett mit Kopfteil und Bettpfosten aus dunkler Eiche, ein bemalter Schrank aus Holz –, enthielt es keinerlei Einrichtungsgegenstände. Ich hörte, wie mein Bruder und Rosario auf der Treppe unter mir miteinander sprachen und spürte dunkel, daß Piers nicht im Haus geblieben wäre, uns den Aufenthalt darin nicht gestattet hätte, wenn Möbel und Teppiche und Bilder dagewesen wären. Er war gesetzestreu und verantwortungsbewußt. In ein Haus, das er als ein bewohntes Zuhause sah, wäre er nie unbefugt eingedrungen.

Doch dieses Haus stand seit Jahren leer, jedenfalls hatte ich diesen Eindruck. Die Spiegel waren trüb und blau von Staub. Die Sonne drang, ungehindert von Fensterläden oder Vorhängen, in alle Zimmer und sandte ihr Licht in breiten Bahnen träg ziehenden Staubs durch weite, schier unerträglich heiße Räume. Wohl, weil ich ein Kind des Nordens war, assoziierte ich Gespenstertreiben mit Kälte. Obgleich alles, was ich in Llosar bislang erlebt hatte, mich vom Gegenteil hätte überzeugen müssen, hatte ich mir vorgestellt, in der *Casita de Golondro* sei es kalt und dunkel.

Die Hitze war erstickend, die Luft wie ein Gas. Man atmete eine Suspension aus warmem Staub. Die Fenster waren groß, dunstigtrübes Sonnenlicht erfüllte das Haus, es war fast so hell wie draußen. Ich trat im ersten Stock an eins der Fenster, um es aufzustoßen, aber es war verriegelt, und die Beschläge waren so steif, daß ich sie nicht aufbekam. Während ich mich noch mit dem Fensterriegel abmühte, kam von hinten Will geschlichen und stieß, auf Armeslänge herangekommen, jenen Laut aus, den Kinder mit Gespenstern assoziieren, eine Art trillerndes Crescendo, einen jaulenden Sirenenton.

»Komm, hör auf«, sagte ich. »Denkst du, ich hätte dich nicht gehört? Eine Elefantenherde ist leise gegen dich.«

Das traf ihn nicht. Es gab nichts, was ihn treffen konnte.

»Kennst du die kürzeste Gespenstergeschichte der Welt? Es war einmal ein Mann, der griff im Dunkeln nach einer Streichholzschachtel, aber ehe er sie gefunden hatte, steckte sie schon in seiner Hand.«

Ich ließ ihn stehen und stieg den letzten Treppenabsatz hinauf. Von Piers und Rosario war nichts zu sehen, nichts zu hören. Ich sah wieder die Doppelzypresse vor mir und ihren Schatten und fühlte mich hundeelend. Irgendwo machten sie das jetzt vielleicht wieder. Hielten sich ganz fest, sahen sich in die

Augen. Ich stand auf dem obersten Treppenabsatz, und eine innere Stimme flüsterte, was sie seither so oft geflüstert hat, wenn es um menschliche Beziehungen ging: Denk nicht an die beiden, vergiß sie, bleib für dich, da bist du am sichersten. Aber mein Bruder? Bei meinem Bruder war es doch etwas anderes ...

Die Zimmer im obersten Stockwerk waren niedriger, kleiner als die darunter und womöglich noch heißer. Es klingt unverständlich, wenn ich sage, daß diese Bodenkammern wie Keller waren, und doch war es so. Sie waren hoch oben im Haus, unter dem Dach, aber sie vermittelten die Klaustrophobie von Räumen unter der Erde, ein schwerer Druck von vielen Backstein- und Mörtelschichten schien auf ihnen zu lasten.

Es ist für mich nicht ganz einfach, von dem zu berichten, was mir danach geschah. Nicht, daß ich je an der Realität des Erlebnisses gezweifelt hätte, sondern wohl deshalb, weil man es mir natürlich nicht geglaubt hat. Diejenigen, denen ich davon erzählt habe – es waren nur einige wenige –, meinten, ich hätte mich einfach gefürchtet, sei auf Gruselerlebnisse eingestellt gewesen, und den Rest habe meine Phantasie besorgt. Aber ich fürchtete mich nicht. Ich war so furchtlos, daß ich nicht einmal bei Wills plötzlichem Überfall zusammengezuckt war. Ich war auf nichts eingestellt. Ich war voller Ängste, aber wovor ich mich ängstigte, das waren Ablehnung und Einsamkeit, und daß andere nach und nach das Geheimnis des Lebens ergründen würden, während ich dumm und unwissend blieb. Und daß ich Piers verlieren könnte.

Die Türen aller anderen Zimmer hatten offengestanden. Wenn jemand in einer solchen Situation an eine geschlossene Tür kommt – und mag er noch so elend, noch so sehr mit eigenen Nöten beschäftigt sein –, wird eine natürliche menschliche Neugier ihn dazu treiben, sie zu öffnen. Die geschlossene Tür war am Ende des Ganges, auf der linken Seite. Ich ging über den Gang, durch die stickige Luft, eine Luft, die so dick war, daß man sie gleichsam beiseite schieben mußte, drückte die Klinke herunter und machte die Tür auf. Ich betrat einen ziemlich kleinen länglichen Raum. An der Wand zu meiner Linken war wieder ein Spiegel, allerdings war dieser hier weder groß noch goldgerahmt oder mit Fliegendreck gesprenkelt, sondern eher wie ein Fenster mit einem einfachen Holzrahmen und einer Art Sims an der unteren Schmalseite. Ich erkannte, daß es ein Spiegel war, sah aber nicht hinein, eine innere Stimme warnte mich davor.

Im Zimmer war es dunkel. Nein, nicht dunkel, aber dunkler als in den anderen Räumen. Hier – und offenbar nur hier – waren die Fensterläden vorgelegt. Ich machte ein paar Schritte in die warme Düsternis hinein, und die Tür schloß sich hinter mir. Im Rückblick weiß ich, daß daran nichts Übernatürliches, nicht einmal etwas Verwunderliches war. Im Gegensatz zu allen anderen Türen war sie geschlossen gewesen, und das deutete darauf hin, daß es sich um eine jener Türen handelte, die stets von selbst zuklappen und nur offenbleiben, wenn man einen besonderen Anschlag vorsieht. Das überlegte ich mir damals nicht. Ich stellte überhaupt keine vernünftigen oder praktischen Überlegungen an, denn allmählich bekam ich es mit der Angst zu tun. Hätte ich Licht ins Zimmer lassen können, wäre mir wohler gewesen, aber das ging nicht, die Läden waren ja vor dem Fenster angebracht. Ich sagte vorhin, daß es dort oben wie im Keller war. Ich kam mir vor wie in einer Gruft.

Etwas hielt mich fest, als sei ich angekettet, es war, als habe man mich gefesselt, um mich wegzutragen. Und ich wußte, daß hinter mir oder vielmehr zu meiner Linken jener Spiegel war, in den ich nicht blicken durfte. Was auch geschah, ich durfte nicht hineinblicken, dabei drängte es mich, ja, ich brannte geradezu darauf, eben dies zu tun.

Wie lange stand ich dort, nach Luft ringend, in der heißen, zeitlosen Stille? Vermutlich nicht länger als ein, zwei Minuten. Ich stand nicht ganz ruhig, ich merkte, daß ich mich sacht drehte – wie ein Kreisel, dessen Drehung langsamer wird, ehe er umkippt und zur Seite fällt. Wegen des Spiegels schloß ich die Augen. Es war, wie gesagt, ganz still, nie vorher und nie nachher habe ich eine so tiefe Stille erlebt, doch dann wurde das Schweigen gebrochen. Von irgendwoher oder aus meinem Inneren hörte ich die Stimme meines Bruders. Ich hörte Piers fragen:

»Wo ist Petra?«

Als ich ihn später darauf ansprach, stritt er ab, mich gerufen zu haben. Sehr nachdrücklich erklärte er, daß er mich nicht gerufen hatte. Bildete ich mir seine Stimme ein, so wie ich mir das einbildete, was ich dann sah? Ganz deutlich hörte ich seine Stimme, in beiläufigem Ton, und dennoch fürsorglich-liebevoll.

»Wo ist Petra?«

Die Worte sprengten die unsichtbaren Ketten. Ich öffnete die Augen und sah den staubigheißen, leeren Raum vor mir. Ich drehte mich rasch um und streckte eine Hand nach der Tür aus. Dabei wandte ich mein Gesicht dem Spiegel zu, ich beschrieb einen Kreisbogen vor dem Spiegel und sah nicht mich, sondern das, was im Spiegel war.

Es war, wie gesagt, dunkel. Ich blickte in ein seltsam fließendes Dämmerlicht, in dem das Zimmer gespiegelt und gleichzeitig verwandelt wurde: Zwei Fenster waren dort, wo keine Fenster waren, und statt meiner war da die Gestalt eines Mannes, der sich in den hintersten Winkel des Zimmers drückte. Ich starrte ihn an, die Erscheinung, den Schatten eines bärtigen, abgerissenen Menschen, nicht deutlich zu erkennen, sondern vernebelt durch das dunstige Dunkel, das zwischen ihm und mir hing. Ich hatte dieses bärtige Gesicht schon einmal gesehen – oder nur in einem bösen Traum? Auch er sah mich an, boshaft und voller Wut. Wir musterten einander mit großen Augen, und als er sich von der Wand weg in meine Richtung bewegte, fürchtete ich sekundenlang, es könne ihm irgendwie gelingen, durch den Spiegel zu brechen und sich auf mich zu stürzen. Aber als ich zurückzuckte und die Hände hob, öffnete er die gespiegelte Tür und verschwand. Ich stieß einen Schrei aus. Niemand hatte die Tür auf meiner Seite des Spiegels geöffnet, sie war noch immer geschlossen. Ich machte sie auf, verließ das Zimmer und blieb einen Moment still stehen, den Rücken an die Tür gelehnt. Der Hauptgang war leer, ebenso der rechts abzweigende Nebengang. Ich lief über den Gang und hatte das Gefühl, ich dürfe nicht zurückschauen, erst als ich um die Ecke gebogen und oben an der Treppe angekommen war, verminderte ich mein Tempo, stieg langsam, tief atmend, die Stufen herunter bis zum nächsten Absatz und sah dort Piers, der auf dem Weg nach oben war.

Am liebsten hätte ich mich in seine Arme geworfen. Statt dessen blieb ich ein paar Stufen über ihm stehen und sah auf ihn hinunter.

»Hast du mich gerufen?« fragte ich.

»Nein. Wann denn? Jetzt eben?«

»Vor einer Minute.«

Er schüttelte den Kopf. »Du siehst aus, als hättest du ein Gespenst gesehen.«

»Findest du?« Warum habe ich es ihm nicht gesagt? Warum habe ich geschwiegen? Oft genug habe ich mir diese Frage gestellt, habe mich gefragt, warum die warnende innere Stimme mich nicht drängte, es ihm zu sagen und ihn damit vielleicht zu retten. Sicher fürchtete ich, ausgelacht zu werden, denn schon damals war mir jede – selbst seine – Freundlichkeit suspekt. »Ich bin in ein Zimmer gegangen«, sagte ich, »und die Tür ist hinter mir zugeschlagen, da habe ich mich wohl ein bißchen erschreckt. Wo sind die anderen?«

»Will hat das Spukzimmer gefunden, das behauptet er jedenfalls. Er habe nicht mehr herausgekonnt, sagt er.«

Typisch Will! Jetzt hatte ich keine Chance mehr, selbst wenn ich es fertiggebracht hätte, über das Geschehene zu sprechen. Ich begegnete Piers' Blick, und er lächelte mir aufmunternd zu. Nie mehr hat es mich so sehr danach verlangt, nach der Hand eines Menschen zu greifen und sie festzuhalten wie damals, als ich so gern die Hand meines Bruders ergriffen hätte. Doch ich konnte nur mit meiner rechten Hand meine Linke umfassen und so alles in mir verschließen.

Wir gingen nach unten zu den anderen und

verließen das Haus. Will befestigte den Stoff wieder über der zerbrochenen Scheibe, und wir machten uns in der Tageshitze auf den Heimweg. Den anderen fiel auf, daß ich ungewöhnlich still war, und das sagten sie auch. Jetzt hätte ich Gelegenheit gehabt, es ihnen zu erzählen, aber natürlich brachte ich das nicht fertig. Will war mir zuvorgekommen. Auf seltsame Weise aber hatte das, was mir in dem Zimmer mit den geschlossenen Fensterläden und der zugeschlagenen Tür widerfahren war, doch einen Nutzen für mich gehabt. Meine Eifersucht auf Piers und Rosario, mein Groll, meine Verunsicherung – so würde man es heute wohl nennen – waren verschwunden. Die neue Sorge hatte die anderen verdrängt.

Nichts hätte mich dazu gebracht, noch einmal zur *Casita* zu gehen. Während wir zwischen den stachligen Wacholdern und dem gelben Ginster, den saftig-grünen Arbutusbüschen und dem Salbei über den Hang gingen, fröstelte ich in der heißen Sonne, ich sah gerade vor mich hin, weil ich es nicht wagte zurückzuschauen. Nicht einen einzigen Blick warf ich zurück. Als ich später vom Schlafzimmerfenster aus, wo man die *Casita* gar nicht sehen konnte, die Landschaft betrachtete, mochte ich nicht einmal in die Richtung sehen, nicht einmal auf den Hügelkamm, der das Haus verbarg.

An jenem Abend gingen Piers und Rosario zum ersten Mal zusammen aus. Auf eine bewußte Täuschung hatten sie es gewiß nicht angelegt, aber meine Eltern dachten, sie seien mit mir und Will und Wills Mutter zu der Volkstanzvorführung nach Muro gefahren. Angeblich sollten dort auch die *ximbombes* gespielt werden, die wollten wir uns anhören. Piers und Rosario hatten sich zunächst auch für diese malorquinischen Trommeln interessiert, waren aber nicht mitgekommen. Will dachte, sie seien mit meinen Eltern zu dem römischen Amphitheater gefahren, das gerade in Puerto de Belver ausgegraben worden war, obgleich es inzwischen so dunkel war, daß man nichts mehr sehen konnte.

Als wir nach Hause kamen, waren sie schon zurück. Sie saßen am Tisch auf der Veranda. Der Mond schien hell, die Zikaden lärmten, und natürlich war es warm, die Luft war weich und duftete. Ich war seit meinem Abenteuer vom Vormittag nicht mehr allein gewesen und mochte auch jetzt nicht allein sein, in mein Moskitonetz eingehüllt wie in ein Leichentuch, umgeben von unheimlichen Mondlichtmustern an den Wänden. Doch ich war gerade erst heimgekommen, als Rosario aufstand und nach oben ins Schlafzimmer ging. Wir wechselten kaum ein Wort, wir hatten uns nichts mehr zu sagen.

Am nächsten Abend gingen sie wieder zusammen aus dem Haus. »Wo geht ihr denn hin?« sagte mein Vater zu Piers.

»Spazieren.«

Ich dachte, er würde sagen: »Nehmt Petra mit«, ich rechnete eigentlich fest damit, aber er sagte es nicht. Er sah meine Mutter an. Wirklich? Ist das eine echte Erinnerung? Doch, sicher haben sie sich angesehen, sicher lag ein nachsichtiges Lächeln um ihre Lippen.

Es war mondhell. Ich ging nach oben und sah im Zimmer meiner Eltern aus dem Fenster. Das Dorf war eine Lichterkette, die sich an der Küste entlangzog und in der hie und da eine Perle fehlte. In diese dunklen Lücken drang der Mond nicht ein. Die ruhige See phosphoreszierte leicht. Kein Mensch war zu sehen. Piers und Rosario mußten in die andere Richtung, ins Hinterland gegangen sein. Was ist, dachte ich, wenn ich mich jetzt umdrehe, und in der Ecke, im Schatten, steht jener Mann?

Ich fuhr herum, und natürlich war da nichts, gar nichts. Ich lief nach unten, und um uns den Abend zu vertreiben, holten wir die Karten heraus, und meine Eltern und ich spielten eine einsame Runde Bettelmann. Um neun kamen Piers und Rosario. Am nächsten Tag waren wir am Strand, wo Will, dem jeder Tag für einen Aprilscherz recht war, uns mit der Nachricht erschreckte, eine neue Qualleninvasion sei im Anzug, er habe sie vom Pier des Hotels aus in unsere Richtung treiben sehen.

Das erwies sich sehr bald als Falschmeldung. Will wurde verziehen, weil es sein vorletzter Tag war. Er brüstete sich mit seinen Abenteuern im »Spukzimmer« der *Casita* vor zwei Tagen und behauptete, er habe sich verzweifelt gegen die Gespenster wehren müssen, die versucht hätten, ihn durch die Wand zu ziehen. Ich sagte nichts. Ich hätte nicht darüber sprechen können. Als die Zeit der Siesta gekommen war, legte ich mich aufs Bett und muß wohl geschlafen haben, denn Rosario hatte auf dem anderen Bett gelegen, aber als ich aufwachte, war sie schon fort; ich hatte weder gehört noch gesehen, wie sie das Zimmer verließ.

Sie waren nicht da, sie und mein Bruder, als

ich nach unten kam und wir uns fertigmachten, mit Will und seinen Eltern in einem Leihwagen zu den Gärten eines maurischen Herrenhauses zu fahren.

»Piers und Rosario kommen nicht mit«, sagte meine Mutter deutlich verstimmt, und weil sie wohl das Gefühl hatte, die Höflichkeit den Harveys gegenüber erfordere eine nähere Erklärung, setzte sie hinzu: »Ein Fischerjunge aus dem Ort wollte sie in seinem Boot mitnehmen. Sie lassen sich entschuldigen.«

Ob diese Fischerjungengeschichte stimmte, weiß ich nicht, vermute allerdings, daß sie eine Erfindung meiner Mutter war. Sie konnte schlecht sagen – damals sagte man so etwas noch nicht: »Mein Sohn will mit seiner Freundin allein sein.« Mag sein, daß es einen Fischerjungen und ein Boot gegeben hat, mag sein, daß der Fischerjunge zu gegebener Zeit befragt wurde. Vermutlich wurden alle befragt, die möglicherweise Piers und Rosario gesehen oder gesprochen hatten, alle, von denen man annahm, sie könnten etwas über ihren Verbleib wissen, denn die beiden kamen nie zurück.

6

Damals gab es nur wenige Lokale auf der Insel, man aß in den Restaurants der großen Hotels oder in kleinen *Tabernas.* Auf dem Rückweg von den maurischen Gärten fanden wir ein Restaurant, das im Zuge der Tourismuswelle in einem Dorf namens Petra neu eröffnet hatte. Natürlich gab das Anlaß zu vielen gutmütigen Scherzen um meinen Namen, und der Besitzer des *Restorán del Toro* strahlte und hieß uns herzlich willkommen.

Concepción hatte für Piers und Rosario das Abendessen richten sollen. Als wir zurückkamen, war sie fort, und die beiden waren noch nicht zu Hause. Meine Eltern ärgerten sich. Sie waren zerstreut und mochten vor mir nicht viel sagen, eine Bemerkung allerdings fing ich auf, einen eigenartigen Satz, der mir damals unverständlich war: »Zusammen sind sie erst einunddreißig.«

Es ist nicht ungewöhnlich, daß auf Verstimmung Besorgnis folgt. *Sie sind spät dran, es ist unverzeihlich, wo sind sie, sie kommen nicht, es muß etwas passiert sein.* Um halb zehn begann der Stimmungsumschwung. Ich wurde ins Verhör genommen. Hatte ich eine Ahnung, wo sie hingegangen sein könnten? Hatten sie irgend etwas zu mir gesagt?

Wir hatten kein Telefon, was vor vierzig Jahren in einem solchen Ort nicht gar so ungewöhnlich war. Und was hätte es uns auch genutzt? Mein Vater trat vors Haus, und ich folgte ihm. Er blieb vor der Tür stehen und sah die lange Küstenlinie entlang. Es ist dies eine typische Reaktion, wenn wir uns Sorgen machen, weil jemand nicht zur vereinbarten Zeit kommt, weil eine Heimkehr sich verzögert, obgleich wir uns damit, wenn dort der Erwartete tatsächlich ist und uns entgegeneilt, allenfalls einige wenige unruhige Augenblicke ersparen. Sie waren nicht dort. Niemand war dort. In den Häusern brannte Licht, die bunten Birnchen an den Kabeln zwischen dem Weinlaub auf dem Hotelpier leuchteten, aber weit und breit war kein Mensch zu sehen. Der abnehmende Mond schien auf einen verlassenen Strand, an dem die Flut ein Stückchen hochkroch und matt zurückrieselte.

Außer Concepción waren Wills Eltern unsere einzigen Bekannten auf der Insel, und als nach einer weiteren Stunde Piers und Rosario immer noch nicht da waren, sagte mein Vater, er würde zum Hotel gehen und sich mit den Harveys beraten. Außerdem hatte das Hotel Telefonanschluß. Es klang nicht mehr unsinnig, wenn davon die Rede war, die Polizei anzurufen. Dennoch trug mein Vater entschlossene Zuversicht zur Schau. Als er ging, sagte er, bestimmt würde er unterwegs Piers und Rosario treffen.

Niemand schickte mich zu Bett. Mein Vater kam zurück, aber nicht mit Wills Eltern, die es übernommen hatten, »sicherheitshalber« die Polizei anzurufen, sondern mit Concepción, er hatte bei ihr im Dorf haltgemacht. Nur meine Mutter konnte sich mit ihr verständigen, doch sogar sie hatte große Mühe mit dem mallorquinischen Dialekt. Bald aber hatten wir alle begriffen. In Zeiten der Not werden die Grenzen der Sprache durchlässig. Concepción hatte an diesem Abend meinen Bruder und meine Cousine nicht gesehen, sie waren nicht zu dem Abendessen gekommen, das sie ihnen gerichtet hatte. Seit fünf waren sie verschwunden.

Jene Nacht ist mir sehr deutlich im Gedächtnis geblieben, jede Stunde gekennzeichnet durch ein bestimmtes Ereignis: das Eintreffen der Polizei, die Suche am Strand, die Zusammenkunft in der Hotelhalle, die Anrufe vom Hotel aus in anderen Hotels, insbesondere dem auf Formentera, die unfaßbare Unzulänglichkeit des Telefonsystems. Wir hatten gerade erst Vollmond gehabt, und ich fand, daß der Mond länger schien als sonst, Dorf und Strand in durchdringend weiße Helle, in ein vom Himmel selbst gesandtes Flutlicht tauchend. Irgendwann muß ich, müssen wir alle geschlafen haben, aber in Erinnerung geblieben ist mir eine weiße, durchwachte Nacht, eine Morgendämmerung, die mit unmelodischem Vogellaut und kühlem, perlmuttfarbenem Licht heraufzog.

Die ärgsten nächtlichen Befürchtungen machten am warmen Vormittag einer allem Anschein nach realistischeren Einschätzung Platz. Um Mitternacht waren sie tot gewesen, ertrunken, bis zum Mittag war daraus eine freiwillige Flucht geworden. Bei meiner Befragung hatte ich nichts über die verschlungene Zypresse im Garten gesagt, Will aber war nicht so diskret. Sein letzter Tag auf der Insel war nun von allen der aufregendste geworden. Er habe gesehen, wie Piers und Rosario sich küßten, habe sie Händchen halten sehen. Richtig verknallt seien sie gewesen, verriet er augenrollend und grimassenschneidend. Es bedurfte keiner großen Überredungskunst, um ihm einen Bericht über unseren Besuch in der *Casita* zu entlocken sowie eine Bemerkung meines Bruders – vermutlich Wills freie Erfindung –, er wolle dort wieder hin, um mit Rosario allein zu sein.

Die *Casita* wurde durchsucht. Nichts deutete darauf hin, daß Piers und Rosario dagewesen waren. Kein Fischer aus Llosar hatte sie in seinem Boot mitgenommen, oder zumindest gab keiner es zu. Als letzter hatte sie um fünf der Dorfpfarrer gesehen, der Rosario kannte und sie im Vorübergehen angesprochen hatte. Trotzdem waren eine Weile alle fest davon überzeugt, daß mein Bruder mit Rosario durchgebrannt war. Die Besorgnis meiner Eltern verlor sich kurz und wich neuerlicher Verärgerung. Ein, zwei Tage ärgerten sie sich über einen Sohn, dessen Betragen bisher kaum je Anlaß zu Ärger gegeben hatte. Er, der makellos war, hatte sich mit diesem schweren Makel behaftet.

Ronald und Iris Harvey verschoben ihre Abreise. Ich denke mir, daß Iris es nicht ungern hörte, wenn meine Mutter ihr immer wieder sagte, was für eine Stütze sie an ihr habe und wie unentbehrlich sie uns geworden sei. Man schickte nach José-Carlos und Micaela. Soweit ich weiß, hörten meine Eltern kein Wort des Vorwurfs von ihnen. Soweit ich weiß... das will natürlich nicht viel heißen. Und ich war mit meinem eigenen Kummer beschäftigt – nein, so konnte man es noch nicht sagen. Mit meinem Staunen, meinem Zweifel, meiner Bestürzung.

Piers' Paß war noch da. Rosario war ja in ihrem eigenen Land und brauchte keinen. Außer den Sachen, die sie trugen, hatten sie nichts mitgenommen. Piers besaß keinen Penny, Rosario aber hatte Geld. Sie hätten aufs spanische Festland gehen können, hätten, ehe die Jagd begann, reichlich Zeit gehabt, nach Palma zu fahren und von dort mit dem Schiff nach Barcelona überzusetzen. Die Polizei fand keinen Hinweis darauf, daß sie in dem Bus gesessen hatten, der abends um sechs in Llosar abfuhr, allerdings gab es auch keine zweifelsfreien Beweise dafür, daß sie diesen Bus nicht genommen hatten. Außer dem Bus kam als Transportmittel nur ein Leihwagen in Frage. Niemand hatte sie nach Palma oder in irgendeinen anderen Ort gefahren.

Die Theorie vom durchgebrannten Liebespaar hatte nur den einen Fehler, daß sie nicht zu dem Charakter der beiden paßte. Warum hätte Piers weglaufen sollen? Er war glücklich. Er ging gern zur Schule, hatte sich auf das letzte Schuljahr und auf Oxford gefreut. Meine Mutter sagte, als Wills Mutter wieder einmal mit der Romeo-und-Julia-Theorie kam:

»Aber wir hätten ihn nicht daran gehindert, mit seiner Cousine zusammenzusein, wir hätten sie zu uns eingeladen. Sie hätten sich immer in den Ferien treffen können. Wir sind nicht streng mit unseren Kindern, Iris. Wenn sie sich wirklich so gern hatten, hätten sie sich in ein paar Jahren verloben können. Aber sie sind noch so jung.«

Ende der Woche wurde in Alcudia eine Leiche angeschwemmt, die Leiche eines jungen Mannes mit einer Messerwunde in der Brust, den man einige Stunden für Piers hielt. Am gleichen Tag noch identifizierte eine Frau aus Muralla den Toten als einen Mann aus Barcelona, der Anfang des Sommers auf die Insel gekommen war und am Strand campiert hatte. Doch die Stichwunde ließ Böses ahnen, sie ließ die schrecklichsten Gedanken in uns aufkommen.

Erneut wurden die *Casita* und der Garten durchsucht. Gerüchtweise verlautete, ein Teil des Gartens sei aufgegraben worden. Die Bevölkerung begann Erinnerungen an dieses oder jenes Unglück aus ferner Vergangenheit vorzukramen, an einen Selbstmordpakt in einem entlegenen Dorf im Binnenland, an einen Mord in Palma, ein Unglück mit einem Fischerboot, einen geheimnisvollen, nie aufgeklärten Todesfall in einem Hotelzimmer. Wir saßen im Haus und warteten, der Abreisetermin rückte näher, war da – und verstrich. Wir warteten auf Nachricht, wir drei mit José-Carlos und Micaela, und rechneten alle – bis auf meine Mutter – mit einem Todesbescheid. Weder damals noch später ließ sich meine Mutter je in ihrem Glauben irremachen, daß Piers lebte und sich bald bei ihr melden würde.

Nach einer Woche fuhren die Harveys heim, verschwanden damit aber nicht aus unserem Leben. Iris Harvey und meine Mutter waren Freundinnen geworden, die Freundschaft blieb bis zum Tode meiner Mutter bestehen und damit auch mein Kontakt zu Will. Sehr sympathisch war er mir nie. Ich erinnere mich noch heute, wie er sich an dem Verschwinden meines Bruders förmlich weidete, erinnere mich an seine heillose Häme, an seine Aufregung, als die Polizei eintraf, als er die Beamten auf einer Suchaktion begleiten durfte. Aber er war ein fester Bestandteil meines Lebens, ich konnte ihn nicht daraus entfernen, es ist mir nie gelungen.

Drei Wochen, nachdem wir Piers und Rosario verloren hatten, sagte mein Vater:

»Wir fahren am Freitag nach Hause, ich bereite alles vor.«

»Piers wird denken, daß wir hier sind«, sagte meine Mutter. »Piers wird uns hierher schreiben.«

Mein Vater nahm ihre Hand. »Er weiß, wo wir wohnen.«

»Ich werde meine Tochter nie wiedersehen«, sagte Micaela. »Wir werden sie nie wiedersehen, ihr wißt es, wir alle wissen es, sie sind tot und für immer dahin.« Und zum ersten Mal begann sie zu weinen, mit den ungeübten Schluchzern einer erwachsenen Frau, die lange, glückliche Jahre ohne Tränen hinter sich hat.

Zwei Wochen später fuhr mein Vater allein nach Mallorca zurück. Er quartierte sich in

Palma ein und schrieb uns täglich, da das Telefon zu unzuverlässig war. Wenn er nicht bei der Polizei war, reiste er in einem Mietwagen mit Dolmetscher über Land und zog in den Dörfern Erkundigungen ein. Meine Mutter erwartete mit jeder Post einen Brief – nicht von ihm, sondern von Piers. Inzwischen weiß ich, daß in vielen Fällen die Mütter vermißter Söhne nicht bereit sind, den Tod ihrer Kinder zu akzeptieren. Besonders häufig findet man das im Krieg, wenn der Tod so gut wie sicher ist, aber nicht bewiesen werden kann. Meine Mutter beharrte darauf, daß Piers am Leben war und nur durch die Umstände an der Rückkehr oder am Schreiben gehindert wurde. Was für Umstände das hätten sein können, sagte sie nie, und es war sinnlos, mit ihr zu diskutieren.

Erstaunlicher war, daß mein Vater, der sich in jenen ersten Tagen mit Piers' Tod offenbar abgefunden hatte, später teilweise auf ihre Linie umschwenkte. Zumindest sagte er, es sei unrecht, von Piers zu reden wie von einem Toten, es sei unrecht, die Hoffnung und die Suche aufzugeben. Deshalb verbrachte er in den kommenden Jahren so viel Zeit, manchmal allein, manchmal mit meiner Mutter, auf den Balearen und auf dem spanischen Festland.

Tragischerweise ließen sie – obgleich sie sich zumindest Dritten gegenüber tapfer zu ihrem Glauben an Piers' Rückkehr bekannten – nicht von dem Vorsatz ab, weitere Kinder in die Welt zu setzen, wohl um sich über den Verlust hinwegzutrösten. Zuerst sagte meine Mutter mir nichts davon, und es war ein Schock für mich, als ich zufällig hörte, wie sie mit Iris Harvey darüber sprach. Als ich fünfzehn war, hatte sie eine Fehlgeburt und im gleichen Jahr noch eine zweite. Bald darauf fing sie an, sich bei mir über ihre Hoffnungen und Befürchtungen auszusprechen. Ich kann damals nicht gewußt haben, daß die Bemühungen meiner Eltern zum Scheitern verurteilt waren, aber es war, als wüßte ich es, als fühlte ich – vielleicht aufgrund meiner pessimistischen Einstellung –, daß ein so leidenschaftlicher Wunsch sich nie erfüllen würde. Die Mächte, die über uns bestimmen, würden es nicht zulassen.

»Ich dürfte gar nicht so mit dir reden«, sagte sie (womit sie möglicherweise recht hatte), tat es aber weiterhin. »Es heißt, daß das Verlangen nach einem Kind einen daran hindert, eins zu bekommen. Je mehr man es sich wünscht, desto unwahrscheinlicher wird es.«

Das klang plausibel, fand ich, es entsprach meiner bisherigen Lebenserfahrung.

»Aber keiner verrät dir, wie du es schaffst, so ein Verlangen von dir zu tun«, sagte sie.

Wenn sie nach Spanien reisten, blieb ich in England. Ich wohnte dann bei meiner Tante Sheila, die nicht müde wurde zu erklären, es sei eine Sünde und eine Schande, daß meine Eltern sich nicht mit dem Kind zufriedengeben könnten, das sie hatten. Ich hätte mich wohler bei ihr gefühlt, wenn sie mich nicht gar so oft gefragt hätte, warum meine Eltern mich nicht mitnahmen.

»Weil ich da nicht wieder hin will«, sagte ich. »Nie mehr.«

7

Der Verlust seines Sohnes machte meinen Vater reich. Sein Wohlstand war die unmittelbare Folge von Piers' Verschwinden. Wäre Piers in jener Nacht zurückgekommen, hätten wir so weitergelebt wie bisher, als eine ganz normale Mittelstandsfamilie in einer Doppelhaushälfte mit einem Familienvorstand, der Geometer bei der Kommunalverwaltung war. Doch Piers' Verschwinden machte uns reich und trug gleichzeitig erheblich dazu bei, Spaniens Mittelmeerküste und Mallorcas Urlaubsorte zu verschandeln.

Er wurde Bauunternehmer. José-Carlos, der bereits in der Baubranche tätig war, machte ihn zu seinem Teilhaber und beschaffte das Startkapital, und weil wachsender Bedarf im Tourismusgeschäft bestand, machten sie sich ans Bauen. Sie bauten Hotels: Türme und Hochhäuser in Schuhkarton- und Hufeisenform, Hotels wie babylonische Stufenpyramiden und italienische Renaissancepaläste. Sie bauten Ferienwohnungen und Einkaufszentren und Fußgängerzonen. Mein Vater war nach Spanien gekommen, weil er seinen Sohn finden wollte, er blieb, weil dieses neue, ungeheuer erfolgreiche Bauunternehmen ihn hielt.

Für sich und meine Mutter baute er ein Haus an der Nordwestküste, in Puerto de Soller. Getreu meinem Vorsatz fuhr ich nie mit ihnen hin, und schließlich kaufte mir mein Vater ein Haus in Hampstead. Er und meine Mutter verbrachten ihre Zeit hauptsächlich in Puerto de Soller, bemühten sich offenbar immer noch um Nachwuchs, obschon meine Mutter inzwischen Mitte Vierzig war, und setzten immer noch Anzeigen in die Zeitungen, in denen sie Piers aufforderten, zu ihnen zurückzukehren, wo er auch sein mochte. Sie annoncierten seit Jahren im *Majorca Daily Bulletin* wie auch in der überregionalen spanischen Presse und in der *Times*. Anders José-Carlos und Micaela: Sie hatten von Anfang an keine Hoffnung gehabt und hielten Rosario für tot. Meine Mutter erzählte mir, daß sie nie von ihr sprachen. Als Micaela einmal von einer neuen Bekannten gefragt wurde, ob sie Kinder habe, antwortete sie mit einem schlichten Nein.

Falls sie irgendwelche Erklärungen für das Verschwinden von Piers und Rosario hatten, habe ich jedenfalls nichts davon erfahren. Man sagte mir nie, zu welchem Schluß die Nationalgarde gekommen war, ernsthafte, knapp und sachlich formulierende Männer in Feldmützen und braunen Uniformen. Ich entwikkelte eigene Theorien. Die beiden waren ertrunken, als sie sich von einem Boot hatten mitnehmen lassen, und der Bootsführer hatte später nicht gewagt zu gestehen, welche Rolle er in der Sache gespielt hatte. Der Mann, dessen Leiche gefunden worden war, hatte die beiden umgebracht, die Toten versteckt und dann Selbstmord begangen. Meine Eltern hatten insofern recht, daß die beiden durchgebrannt waren, weil sie selbst eine zeitweilige Trennung nicht ertragen hätten, aber ehe sie sich melden konnten, waren sie bei einem Verkehrsunfall ums Leben gekommen.

»Gerade dann hättet ihr es erfahren«, sagte Will. »Bei einem tödlichen Unfall wäre alles rausgekommen.«

Er und seine Mutter waren während der Schulferien, die meine Eltern immer in England verbrachten, bei uns zu Besuch. Von dem Geheimnis um das Verschwinden meines Bruders konnte er nie genug bekommen. Er hat nie begriffen – und vielleicht war ihm eine solche Einsicht einfach wesensfremd –, daß Spekulationen über Piers mir weh taten. Noch heute erinnere ich mich an seine taktlosen Formulierungen. »Natürlich hat einer sie gekillt«, war eine seiner Lieblingssentenzen, und: »Jetzt findet die keiner mehr, das sind ja jetzt bloß noch Knochen.«

Andererseits kam er auch gern mit phantasievollen Theorien, nach denen die beiden noch am Leben waren. »Rosario hatte einen Haufen Geld. Sie hätten nach Spanien fahren, in einem Hotel absteigen und zwei Pässe klauen können. Sie hätten den anderen Gästen die Pässe klauen können. Wahrscheinlich haben sie sich mit Singen und Tanzen in Cafés Geld verdient, die Spanier mögen so was. Oder sie ist als Dienstmädchen gegangen. Oder als Aktmodell. Damit kann man viel Geld machen. Du sitzt nackt da, und die Leute, die das Malen lernen wollen, sitzen um dich rum und zeichnen dich.«

Er hatte nach wie vor eine große Vorliebe für Tricks und dumme Streiche. Um ihn daran zu hindern, meine Mutter anzurufen und sich mit einem entsprechenden Akzent als Franzose auszugeben, der über Piers' Verbleib Bescheid wußte, mußte ich seine Mutter zu Hilfe holen. Danach sah ich Ronald und Iris Harvey und auch Will längere Zeit in London nicht mehr, allerdings haben sie, soviel ich weiß, alle drei einmal Urlaub in Puerto de Soller gemacht. Wills neuerlichen Auftritt in meinem Leben kündigte ein Kondolenzbrief an, den er mir sieben Jahre später schrieb, als meine Mutter gestorben war.

Danach ließ er es sich nicht nehmen, mich zu besuchen, mich auszuführen und mir auf etwas wunderliche Weise den Hof zu machen. Über meinen Vater sagte er mit seiner umwerfenden Taktlosigkeit: »Der macht's bestimmt nicht mehr lange, die beiden hingen sehr aneinander, nicht? Es wäre was anderes, wenn er wieder heiraten würde.«

Mein Vater heiratete nicht wieder und starb, Wills Voraussage erfüllend, nach nur fünf Jahren. Auch Will heiratete nicht, und ich vermutete immer, er sei homosexuell. Ich selbst heiratete drei Jahre nach dem Tod meiner Mutter den englischen Partner in dem von meinem Vater und José-Carlos aufgebauten internationalen Konzern. Roger war damals schon fast Millionär und zweieinhalbmal so alt wie ich.

Wir führten das Leben reicher Leute, die zuwenig Beschäftigung und keine speziellen Interessen haben und kaum wissen, was sie mit ihrem Geld anfangen sollen.

Es war keine glückliche Ehe. Das heißt, so sah ich es, ich weiß ja nicht, wie es in anderen Ehen zugeht. Wir langweilten uns miteinander, und andere Menschen ängstigten uns, aber wir äußerten nur selten unsere Gefühle und brachten die Zeit damit hin, zwischen unseren drei Häusern zu pendeln und Möbel aus dem 17. Jahrhundert zu sammeln. Von Platitüden abgesehen ist mir besonders eine Bemerkung von Roger in Erinnerung geblieben: »Ich kann dir weder den Vater noch den Bruder ersetzen, Petra.«

Inzwischen war mein Vater gestorben. Als unmittelbare Folge von Piers' Tod war ich die Alleinerbin. Wäre er am Leben geblieben oder wären mehr Kinder dagewesen, hätte das ganz anders ausgesehen.

Einmal sagte ich zu Roger:

»Ich würde alles dafür geben, Piers zurückzubekommen.«

Sobald es heraus war, erschrak ich zutiefst vor einer derart freimütigen Äußerung, einer derart ausschweifenden Gefühlsbekundung, die mir so gar nicht ähnlich sah. Ich wurde dunkelrot und suchte besorgt in Rogers Miene nach Anzeichen von Betroffenheit, aber er zuckte nur die Schultern und wandte sich ab. Seither ging es noch schlechter mit uns. Von da ab sprach ich ständig davon – es war wie ein Zwang –, wie anders mein Leben verlaufen wäre, wenn mein Bruder noch lebte.

»Du wärst arm gewesen«, sagte Roger. »Du hättest mich nie kennengelernt. Aber wahrscheinlich wäre das besser gewesen.«

So redete ich auch oft daher, ich nahm es nicht wichtig. Wer so etwas sagt, hat ein geringes Selbstwertgefühl, mehr steckt nicht dahinter, und geringer als ich konnte wohl niemand von sich denken, nicht einmal Roger.

»Wäre Piers am Leben geblieben, hätten meine Eltern mich nicht abgelehnt. Sie hätten mich nicht fühlen lassen, daß sie das falsche Kind verloren hatten, daß sie, wäre ich gestorben, mit dem anderen glücklich und zufrieden gewesen wären. Sie hätten nicht noch mehr Kinder haben wollen.«

»Mutmaßungen«, sagte Roger. »Das kannst du nicht wissen.«

»Mit Piers hinter mir hätte ich gelernt, Freunde zu gewinnen.«

»Du hättest ihn nicht hinter dir gehabt, er wäre seiner Wege gegangen. Ein Mann sieht seine Lebensaufgabe nicht darin, die eigene Schwester unter seine Fittiche zu nehmen.«

Zwanzig Jahre nach dem Verschwinden von Piers und Rosario wurde in Südfrankreich ein Mann verhaftet und unter der Anklage, auf dem Land zwischen Bedarieux und Lodeve zwei Campingurlauber ermordet zu haben, vor Gericht gestellt. Bei seinem Prozeß kam heraus, daß es sich möglicherweise um einen Massenmörder handelte, der in den letzten zwei Jahrzehnten bis zu zehn Menschen getötet hatte, einige seiner Opfer in Spanien, eins auf Ibiza. Sein Motiv war eine abnorme Abneigung gegen Touristen. Die englischen Zeitungen schrieben, es habe sich um eine stark ausgeprägte Xenophie gehandelt, die sich gegen einen bestimmten Typus ausländischer Besucher richtete.

Die Leiche des jungen Mannes mit der Stichwunde fiel mir ein, die am Strand von Alcudia angeschwemmt worden war.

Doch mochte ich nicht zugeben, daß dies die Erklärung für das Verschwinden von Piers und Rosario sein könnte. Ich hielt – »Genau wie deine Eltern!« pflegte Roger zu sagen – an der

Meinung fest, die halb Wunschdenken, halb Hoffnung war, sie seien doch noch irgendwo am Leben. Für mich war das eine Sinneswandlung, die sich mit dem Tod meines Vaters vollzogen hatte, als hätte ich diese Einstellung zusammen mit seinem Besitz übernommen.

Und was war mit dem Spukhaus, der *Casita de Golondro?* Was war mit dem sonderbaren Erlebnis, das ich dort gehabt hatte? Ich vergaß es nie, ich erzählte sogar Roger davon, der meine Geschichte mit Unverständnis und mit der Bemerkung quittierte, ich müsse ein unverdauliches spanisches Gericht gegessen haben. Im letzten Jahr seines Lebens aber gingen wir auf Haussuche; die Ärzte hatten ihm eröffnet, er dürfe nicht noch einen Winter in einem kalten Klima verbringen. Da Roger etwas gegen alles »Ausländische« hatte, mußte es ein Haus in England sein, in Cornwall oder auf den Kanalinseln. Zum Kauf kam es dann nicht mehr, da er im September des gleichen Jahres starb, aber bis dahin hatte ich viele Häuser besichtigt, unter anderem auch eines im südlichen Cornwall, bei Falmouth.

Es war ein viktorianisches Haus von beachtlicher Größe, fast so groß wie die *Casita,* in häßlichem neugotischen Stil, aber mit herrlichem Blick. Ein Makler führte mich herum, und ich war froh, daß er an meiner Seite war. Ich hatte dergleichen – einen innenliegenden Raum ohne Fenster – noch nie gesehen (so dachte ich damals). Nicht ungewöhnlich in diesen alten Kästen, meinte der junge Mann und murmelte etwas von mangelhafter Bauplanung.

Das Zimmer war im ersten Stock und hatte im Gegensatz zum Nebenzimmer keine Fenster, dafür war in die Trennwand zwischen den beiden Räumen ein großes Fenster mit einem zu öffnendem Oberlicht eingelassen, so daß Licht, wenn auch nicht viel Luft, in das fensterlose Zimmer gelangte. Die Viktorianer, erläuterte der junge Mann, mißtrauten frischer Luft.

Ich stand vor dem Fenster in der Wand, und achtundzwanzig Jahre fielen von mir ab. Ich war wieder dreizehn, stand in dem einzigen verdunkelten Zimmer eines verwunschenen Hauses und sah in einen Spiegel. Jetzt aber begriff ich, daß es kein Spiegel gewesen war. Die verglaste Öffnung hatte nicht das Zimmer gespiegelt, in dem ich stand, sondern den Blick in einen dahinterliegenden Raum freigegeben, den Blick auf ein Zimmer mit Fenstern und einer weiteren Tür und auf die Person, die sich darin befand. Während ich dastand und mich daran erinnerte, wie sich die Tür öffnete, keine gespiegelte, sondern eine wirkliche Tür, erkannte ich sekundenlang den Zusammenhang zwischen dem Mann, den ich dort gesehen hatte, dem Fahrer des klapprigen Citroën und dem Massenmörder von Bedarieux. Aber ich war damit überfordert, ich konnte etwas so Monströses, so Abstoßendes nicht verkraften. Ich fröstelte, weil sich plötzlich undurchdringliche Finsternis vor mir aufgetan hatte, und der junge Mann fragte, ob mir kalt sei.

»Es ist das Haus«, sagte ich. »Nie im Leben würde ich so ein Haus kaufen.«

Will war bei uns zu Besuch, als Roger starb. Er war oft bei uns. Als er Roger kennenlernte, noch vor unserer Heirat, war es ihm irgendwie gelungen, sich bei ihm als ein von mir verschmähter Liebhaber einzuführen, ein ergebener Verehrer, der, obwohl er weiß, wie hoffnungslos sein Fall ist, es dennoch nicht übers Herz bringt, der geliebten Frau fernzubleiben, so demütig, so selbstlos ist seine Neigung. Hin und wieder ließ er Bemerkungen fallen wie: »Möge der Beste gewinnen« und: »Manche Männer haben eben Glück«, dabei hatte er nie auch nur meine Hand berührt oder ein zärtliches Wort an mich gerichtet. Das wollte ich Roger klarmachen, der aber glaubte, ich wolle die Geschichte nur herunterspielen. Wie sonst ließ sich Wills Anhänglichkeit erklären? Weshalb, wenn nicht aus alter Liebe, rief er mich zwei- oder dreimal in der Woche an, bombardierte er mich mit Briefen, bemühte er sich, von mir eingeladen zu werden? Der arme Roger war zu spät im Leben zu Wohlstand gekommen, um zu begreifen, daß es möglicherweise um Geld ging, wenn man mir nachstellte.

Roger erlag, am Schreibtisch seines Arbeitszimmers sitzend, einem Herzinfarkt. Will fand ihn dort, als er diensteifrig mit einer Tasse Tee auf einem Tablett hereinkam, obwohl wir für derlei Dinge eine Haushälterin hatten. Er brachte es mir ebenso glitzeräugig-genüßlich bei, wie er damals der Polizei Geschichten über das Gespensterhaus erzählt hatte. Sein Ton war trauervoll, sein Blick aber voll freudiger Erregung.

Ein Vierteljahr später machte er mir einen Heiratsantrag. Ich gab ihm einen Korb, ohne mich auch nur einen Augenblick zu besinnen.

»Du wirst in den kommenden Jahren sehr einsam sein.«

»Ich weiß«, sagte ich.

8

Nie habe ich ernsthaft erwogen, mich mit Will zusammenzutun, aber ich brachte es auch nicht fertig, ihm zu sagen, ich wolle ihn nie wiedersehen. Er war mir widerwärtig mit seinem rosafarbenen Gesicht, das aussah wie rohes Kalbfleisch, dem roten Haar, dessen Karottenton sich mit seiner Gesichtsfarbe biß, den bläßlichblauen Vogelei-Augen. Er hatte – wie ich – ein kaltes Herz, aber im Gegensatz zu mir hatte er auch ein hartes Herz. Alles an ihm war mir zuwider, seine Dickfelligkeit, seine Freude an grausamen Worten. Dennoch war er mein Freund. Mein einziger Freund. Ein Mann zum Ausgehen. Wenn er Dritten gegenüber durchblicken ließ, wir seien ein Liebespaar, lieferte ich weder Bestätigungen noch Dementi. Will rieb mir, seit er seine Stellung verloren hatte, so häufig seine Armut unter die Nase, daß ich ihm schließlich ein Einkommen aussetzte, aber losgekauft hatte ich mich damit nicht; er rückte mir nur noch mehr auf den Leib.

Ich machte ihn nie zu meinem Vertrauten, erzählte ihm nichts. Bei unseren Gesprächen ging es um banalste Dinge. Wenn er anrief – ich selbst rief ihn nie an –, tauschten wir die üblichen Belanglosigkeiten aus, und dann griff ich in meiner Verzweiflung meist auf einen bewährten Pausenfüller zurück:

»Und was hast du so gemacht, seit wir uns das letzte Mal gesprochen haben?«

Auch wenn ich nicht in London, sondern in dem Haus in Somerset war oder auf der »Burg«, einem mit Türmchen und Zinnen bewehrten Jagdhaus in Schottland, das Roger aus einer Laune heraus erstanden hatte, meldete sich Will telefonisch bei mir, dann aber per R-Gespräch. Hin und wieder sagte ich nein, wenn das Fräulein vom Amt anfragte, ob ich bereit sei, das Gespräch zu übernehmen, aber dann machte Will – der vielleicht nicht körperlich, ganz gewiß aber geistig zu den Dickhäutern zählte – nach einer halben Stunde einfach einen neuen Anlauf.

Selten vergingen drei Tage, ohne daß wir miteinander sprachen. Will erzählte mir von seinen Einkäufen – er kauft sich ausgesprochen gern etwas Neues –, von dem Ärger mit seinem Auto, von dem Elektriker, der ihn versetzt hatte, von seiner Erkältung; nie aber sprach er von dem, was er unter Liebe verstehen mochte, von seinen Träumen oder Hoffnungen, seiner Angst vor dem Älterwerden und vor dem Tod, nicht einmal von Dingen, die er gelesen, sich angehört oder angesehen hatte. Mir konnte das nur recht sein, ich hatte kein Interesse daran und erzählte ihm auch nichts von derlei Dingen. Wir waren beste Freunde, die nicht vertrauter miteinander waren als flüchtige Bekannte.

Das Einkommen, das er von mir bezog, war hinreichend, mehr nicht, und er jammerte ständig über seine Finanzlage. Müßte ich ein Thema nennen, das mit Sicherheit bei jedem Besuch, jedem Anruf zur Sprache kam, so war es das liebe Geld. Will stöhnte über die Lebenshaltungskosten, über Handwerkerrechnungen, Fahrgelder, die (geringe) Summe, die er von seiner Pension und dem, was er von mir bekam, an Steuern abführen mußte, über die Lebensmittel- und Getränkepreise und die Instandhaltungskosten für sein Haus. Obwohl er keinen Finger für mich rührte, blieb es bei der Fiktion, er sei mein Assistent; den »Sekretär«

hatte er als seiner gesellschaftlichen und beruflichen Stellung unwürdig weit von sich gewiesen. Will wußte genau, daß er keinen Penny für geleistete Dienste beanspruchen konnte, sprach aber trotzdem von seinem »Gehalt« – meist, um sich darüber zu beklagen, wie schrecklich niedrig es doch sei. Nachdem er – unangemeldet – bei mir in Somerset aufgekreuzt war mit der erklärten Absicht, zwei Wochen zu bleiben, meinte er, es sei an der Zeit, daß er einen Dienstwagen bekäme.

»Du hast doch ein Auto«, sagte ich.

»Ja. Ein Reiche-Leute-Auto.«

Was das heißen solle, fragte ich.

»Daß du ein Krösus sein mußt, um die alte Karre am Laufen zu halten«, sagte er und amüsierte sich, wie immer, königlich über seinen eigenen Witz.

In den nächsten Tagen aber fing er immer wieder von diesem Wagen an. Was ich denn mit meinem Geld anfangen wolle, fragte er. Wofür ich denn sparte, da ich doch keine Kinder hätte? Ihn an meiner Stelle würde es unheimlich glücklich machen, wenn er anderen Menschen eine Freude bereiten könnte, ohne daß ihm selbst dabei etwas abginge. Zu guter Letzt sagte ich, er könne mein Auto haben, das ich eigentlich beim Kauf eines neuen hatte in Zahlung geben wollen. Es war ein ziemlich feudaler Wagen, erst zwei Jahre alt, an dessen Steuer bisher nur eine vorsichtige Frau in mittleren Jahren, der Liebling aller Versicherungen, gesessen hatte, aber Will war er nicht gut genug. Er nahm ihn, aber nur nörgelnd, und wir zerstritten uns. Ich wies ihm die Tür, und er fuhr mit meinem Auto nach London zurück.

Und deshalb sagte ich ihm nichts, als der Brief des Anwalts kam. Wir sprachen selten über Persönliches, aber normalerweise hätte ich ihm von dem Brief erzählt. Ich hatte sonst niemanden, dem ich es hätte erzählen können, und ohnehin wäre er in diesem Fall der Nächstliegende gewesen. Aber zum ersten Mal in all den Jahren war der Kontakt zwischen uns abgerissen. Er hatte nicht einmal angerufen. Seine letzten Worte, mit Armesündermiene aus dem Seitenfenster heraus gemurmelt, waren eine mürrische Bitte gewesen, ich möge ihm trotz allem nicht die Zuwendung streichen.

So sahen denn nur meine Augen den Brief, berührte sein Inhalt nur mein Herz. Er kam aus einem Anwaltsbüro der City und war sehr behutsam formuliert. Natürlich hätte nichts den Schock mildern können, aber ich vermerkte dankbar das schrittweise Heranführen und Worte wie »behaupten«, »hindeuten«, »geltend machen«, »Möglichkeit«.

Sehr sanft, sehr schonend wurde ich gebeten, mich vorzubereiten, es sei vorläufig überhaupt noch nicht nötig, bestimmte Schlüsse zu ziehen.

Ich konnte nicht stillsitzen, sondern ging unruhig auf und ab, den Brief in der Hand. Nach einer Weile kam mir in den Sinn, daß es sich um einen üblen Scherz handeln könne. Ich dachte daran, wie Will damals meine Mutter hatte anrufen und ihr mit der Stimme eines Franzosen jene hoffnungsvolle Botschaft hatte übermitteln wollen. War auch dies Wills Werk? Ich rief die Anwälte an und nicht Will. Jawohl, hieß es, in ihrer Kanzlei hätten tatsächlich ein Mann und eine Frau vorgesprochen und behauptet, Mr. und Mrs. Piers Sunderton zu sein.

9

Ich bin keine leichtgläubige Person. Ich bin zurückhaltend, unliebenswürdig, mürrisch, grämlich und ungesellig. Lange, ehe ich reich wurde, war ich argwöhnisch. Ich mißtraute meinen Mitmenschen und stellte ihre Motive in Frage, denn meine Erfahrungen waren nicht dazu angetan, mich an selbstlose Liebe glauben zu lassen. Ich war nie geliebt worden, aber dadurch hatte ich mich nicht verhärtet, sondern träumte nach wie vor von Liebe und wußte doch nicht, wie ich nach ihr suchen sollte. Ständig begleitete mich in den Jahren der Einsamkeit die krankhafte Angst, jeder, der sich um meine Bekanntschaft bemühte, habe es auf mein Geld abgesehen.

In meinem Londoner Haus gab es zahlreiche Fotos von Piers. Meine Mutter hatte sie gewissenhaft gehütet, ich aber hatte seit ihrem Tod die Bilder kaum mehr angesehen. Jetzt breitete ich sie vor mir aus und betrachtete sie genau.

Piers als Baby auf dem Arm meiner Mutter, Piers als Kleinkind, als Schuljunge, mit mir, mit unseren Eltern und mit mir. An Rosarios Farben erinnerte ich mich noch – die blasse Haut, das lange, sattbraune Haar –, und daran, wie klein von Statur, wie zierlich sie war, nicht aber an ihr Gesicht, ihre Züge, deren Form, Anordnung und Relation zueinander. Von ihr hatte ich kein Foto.

Ich hatte zwar erhebliche Zweifel, ob es sich bei diesem Paar tatsächlich um meinen Bruder und seine Frau handelte; daß Piers aber, falls er geheiratet hatte, nur Rosario zur Frau genommen haben konnte, stand für mich von Anfang an fest. Unlogisch? Grotesk? Solche Überzeugungen, die sich emotional bei uns festsetzen, haben wir weder zu verantworten, noch können wir uns ihnen entziehen. Wenn es wirklich Piers ist, den ich in Kürze sehen werde, sagte ich mir, während ich mich fertigmachte, um mit dem Taxi nach London hineinzufahren, muß die Frau an seiner Seite Rosario sein.

Ich hatte Angst. So etwas war noch nie passiert. So weit war es noch nie gekommen. Aus keiner der unzähligen Meldungen jener ersten Monate, sie seien in Rom, in Neapel, Madrid, London, in Tirol oder auf Malta gesehen worden, hatte sich mehr ergeben als hin und wieder ein bedauernder Anruf der jeweils zuständigen Polizeibehörde. Später dann waren Personen aufgetaucht, die Ansprüche geltend machten, armselige Geschöpfe, die eines Tages vor meiner Tür standen und nicht genug Verstand gehabt hatten, sich auch nur mit den grundlegenden Fakten über Piers' Kindheit vertraut zu machen: blonde Männer, dicke Männer, kleine Männer, solche, die zu jung und solche, die zu alt waren. Es müssen an die zehn gewesen sein. Kein einziger war weiter als bis in die Diele gekommen. Diesmal aber hatte ich Angst, diesmal meldete sich meine Intuition und sagte: »Er ist von den Toten zurückgekehrt«, und ich versuchte sie zum Schweigen zu bringen, ich rief Verstand und Vorsicht zu Hilfe, doch erneut und diesmal beharrlicher flüsterte die Stimme.

Es war klar, daß sie sich bis zur Unkenntlichkeit verändert hatten. Was nützte es, Fotos anzuschauen? Was nützen dir Fotos eines Sechzehnjährigen, wenn du einen Sechsundfünfzigjährigen erkennen willst? Drei Minuten wartete ich in einem Vorzimmer. Ich habe diese Minuten gezählt. Nein, ich habe die Sekunden gezählt, aus denen sie sich addierten. Als die

Sekretärin zurückkam und mich hineinführte, zitterte ich.

Der Anwalt saß hinter seinem Schreibtisch, auf einem Stuhl links und auf einem Stuhl rechts von ihm saßen ein hochaufgeschossener, grauer Mann und eine kleine füllige Frau, die sehr spanisch aussah, das Gesicht braun und noch glatt, das dunkle, mit Weiß durchzogene Haar straff zurückgekämmt. Sie schauten mich an, und die beiden Männer erhoben sich. Ich wußte nichts zu sagen, aber in meine Augen traten Tränen. Keine Tränen der Liebe oder des Erkennens, des Glücks oder des Leids, nein, ich weinte um das, was die Zeit hoffnungsvollen jungen Männern und Frauen antun kann, die Zeit, die ihnen die Figur zerstört und das Antlitz verheert und ihnen Staub aufs Haar streut.

Mein Bruder sagte: »Petra!«, und meine Schwägerin sagte – wie gut erinnerte ich mich jetzt an ihre Stimme, das stark akzentuierte Englisch war ganz genau wie damals: »Bitte verzeih uns, es tut uns so leid.«

Ich hätte gern meinen Bruder geküßt, aber ich konnte wohl schlecht an einen Fremden herantreten und ihm einen Kuß geben. Meine Zunge war gelähmt. Der Anwalt begann für uns zu reden, aber an das, was er sagte, habe ich keine Erinnerung, ich nahm nichts davon auf. Er legte mir Schriftstücke vor, sogenannte »Beweise«, ich warf einen Blick darauf, aber die Buchstaben blieben unsichtbar. Wenn ich schon nicht sprechen konnte, so konnte ich doch denken. Ich werde in mein Haus aufs Land fahren, dachte ich, ich werde sie mit aufs Land nehmen.

Piers hatte angefangen, Erklärungen vorzutragen. Ich hörte etwas von Madrid und Südfrankreich. Ich hörte »geschämt« und »zu spät«, die traurigsten Worte der englischen Sprache, wie es jemand mal ausgedrückt hat, und dann fand ich meine Stimme wieder und sagte:

»Das brauche ich jetzt alles gar nicht hören, ich verstehe schon, das könnt ihr mir alles später erzählen, viel später.«

Verlegen murmelte der Anwalt etwas von »unvermeidlichen rechtlichen Schritten«.

»Was für rechtliche Schritte?« fragte ich.

»Wenn es Mr. Sunderton gelingt, das Gericht von seiner Identität zu überzeugen, hat er selbstverständlich Anspruch auf den Besitz Ihres verstorbenen Vaters.«

Ich kehrte ihm den Rücken zu, denn ich

kannte die Identität von Piers, Beweise waren nicht vonnöten. Piers stand jetzt mit niedergeschlagenen Augen da, ein müder, ausgelaugter Mann, der einen kränklichen Eindruck machte. Er sagte: »Rosario und ich gehen jetzt ins Hotel zurück. Es wird am besten sein, wenn wir Petra die Entscheidung überlassen, wann sie uns wiedersehen will.«

»Es wird am besten sein«, sagte ich, »wenn wir uns erst einmal wieder kennenlernen. Ich möchte, daß ihr mit mir aufs Land kommt.«

Wir fuhren, oder vielmehr Rosario und ich fuhren in mein Haus bei Wincanton. Piers mußte, kaum daß er einen Schritt über meine Schwelle getan hatte, schnellstens ins Krankenhaus. Er laborierte schon seit Wochen an einer Blinddarmentzündung herum, ein Durchbruch drohte, und die Operation erfolgte in letzter Minute.

Rosario und ich besuchten ihn täglich. Wir saßen an seinem Bett und redeten, wir hatten alle so viel zu sagen. Und ich war fasziniert von diesen Menschen, die einst, wie wir alle, jung gewesen waren, die aber, so schien es, von Halbwüchsigen unvermittelt zu einem Paar in den Fünfzigern geworden waren, ohne dazwischen junge Erwachsene oder ein Mann und eine Frau in mittleren Jahren gewesen zu sein. Sie gingen sehr liebevoll miteinander um. Sie waren ein ideales Paar. Rosario wußte offenbar immer ganz genau, was Piers haben wollte, daß er nur kernlose Trauben aß, daß er gern las, im Krankenhaus aber nur in Zeitschriften blätterte, daß die Hausschuhe für den Gang zum Tagesraum aus Filz sein mußten, nicht aus Leder. Pralinen mochte er nicht, es hatte gar keinen Sinn, ihm welche mitzubringen.

»Früher hat er sie leidenschaftlich gern gegessen«, sagte ich.

»Die Menschen ändern sich, Petra.«

»In mancher Hinsicht ändern sie sich überhaupt nicht.«

Ich nahm Rosario ins Verhör. Nach dem ersten Schock, dem ersten Glück konnte ich nicht anders, ich mußte die Rolle des Inquisitors übernehmen, mußte ihren Anspruch prüfen, obschon ich ja so gut wußte, wie es sich wirklich verhielt. Sie bestand meine Prüfung sehr gut, konnte sich an das Mallorca jener fernen Tage sogar besser erinnern als ich. So hatte ich unsere Fahrt zum Kloster von Lluc und die süßen Stimmen der Chorknaben vergessen, erinnerte mich aber wieder, als sie mich darauf hinwies. Daß unsere Eltern in Palma auf einem Besuch im *Mansión de Arte* bestanden hatten, fiel mir jetzt wieder ein, und ich erinnerte mich an die Goya-Radierungen, die uns langweilten, die wir uns aber auf Wunsch meiner Mutter alle hatten ansehen müssen.

José-Carlos und Micaela waren seit einigen Jahren tot. Ich merkte, daß Rosario nicht gern von ihnen sprach, sie schien sich zu schämen. Und damit kamen wir zu dem Stolperstein, der Hürde, die sich vor uns aufbaute, sobald wir auf ihr Verschwinden zu sprechen kamen. Warum hatten sie sich nie gemeldet? Warum hatten sie uns solchen Kummer gemacht und uns in dem Glauben gelassen, sie seien tot?

Rosario konnte mir ebensowenig einen Grund nennen wie später Piers – außer ihrer Scham. Sie hätten nie meinen und ihren Eltern unter die Augen treten können, da war es schon besser, wenn wir uns mit ihrem Tod abfanden. Leichter fiel ihnen die Erklärung, warum sie überhaupt weggelaufen waren.

»Wir haben uns vorgestellt, wie geredet worden wäre, wenn wir gesagt hätten, wir wären verliebt. Stell dir das einmal vor! Wir waren sechzehn und fünfzehn, Petra. Aber wir hatten recht, nicht? Wir sind im Grunde heute noch verliebt, deshalb hatten wir recht.«

»Man hätte es euch nicht geglaubt«, sagte ich.

»Man hätte uns getrennt, allenfalls hätten wir uns vielleicht in den Schulferien treffen dürfen, das hätte uns umgebracht, wir sehnten uns so unsäglich nacheinander, einer konnte nicht ohne den anderen sein. Inzwischen ist das natürlich anders geworden, ich vergehe nicht vor Sehnsucht, nur weil Piers im Krankenhaus liegt, während ich hier bin. Aber es ging nicht nur mir so, Petra, sondern auch Piers. Es war seine Initiative, daß wir ... gegangen sind.«

»Hat er denn nicht an seine Ausbildung gedacht? Er war so begabt, die Zukunft stand ihm offen. Das alles hinzuwerfen für ... ich meine, er konnte schließlich nicht voraussehen, daß es Bestand haben würde.«

»Ich muß dir etwas sagen, Petra. Piers war nicht das Genie, für das du ihn gehalten hast. Vor eurem Sommerurlaub war dein Vater zu Piers' Direktor bestellt worden, und der hatte ihm gesagt, daß Piers die zunächst in ihn gesetzten Hoffnungen nicht erfüllte. Er würde den Studienplatz in Oxford nicht bekommen, ja, wenn er so weitermachte, könne er von Glück sagen, überhaupt zum Studium zugelassen zu werden. Sie haben es geheimgehalten, haben es dir nicht gesagt, nicht einmal deine Mutter hat es erfahren, aber Piers wußte Bescheid. Was hatte er zu verlieren, wenn er mit mir durchbrannte?«

»Seine Bequemlichkeit«, sagte ich, »sein Heim, Sicherheit – und mich und seine Eltern.«

»Er hat gesagt – verzeih! –, daß ich das alles aufwiege.«

Sie war sehr lieb zu mir. Nichts war ihr zuviel. In den langen Jahren der Einsamkeit war meine Zunge durch ständigen Nichtgebrauch ungelenk geworden, hatte ich einsiedlerische Gewohnheiten angenommen, doch ihr Frohsinn, ihr Charme nahmen mich gefangen. Ich erlebte zum ersten Mal, daß mir jemand Pläne für den Tag vorlegte, auch wenn das Programm sich oft nur darauf beschränkte, daß sie sagte, sie würde mir das Frühstück ans Bett bringen, und hinterher könnten wir im Garten spazierengehen und draußen picknicken. Wenn Schweigen angebracht war, schwieg sie, und wenn ich gern geredet hätte, aber nicht recht wußte, wie ich anfangen sollte, redete sie für mich, bis wir unversehens in eine angeregte Unterhaltung vertieft waren, bei der wir nach und nach gemeinsame Neigungen entdeckten. Bald waren wir gute Gefährtinnen, und bis Piers nach Hause kam, waren wir Freundinnen geworden.

Das Gespräch über die Ereignisse am Tag ihrer Flucht hatte ich aufgeschoben, bis wir alle wieder beisammen waren. Wenn Rosario davon anfangen wollte, hieß ich sie schweigen und fragte sie statt dessen nach ihrem Leben auf dem spanischen Festland. Es war eine Kette teils haarsträubender, teils erheiternder Abenteuer gewesen. Rosario war ein ausgesprochenes Erzähltalent und unterhielt uns mit ihren Geschichten, während wir am flackernden Feuer saßen. Manchmal meinte ich einem alten spanischen Abenteuerroman zu lauschen, voll von spannenden Ereignissen, Anekdoten, skurrilen Figuren und Rettungen in letzter Minute, wobei es leider nicht immer ganz geradlinig und einwandfrei zuging. Piers hatte sich sehr schnell geändert, oder sie hatte ihn geändert.

Sie hatten in Hotels gearbeitet, wo ihnen ihr Englisch zustatten kam. Rosario war sogar Zimmermädchen gewesen. Später hatten sie

Beschäftigung als Fremdenführer gefunden, und eine Weile – wunderliche Übereinstimmung mit Wills Szenario! – zu einer von Piers rasch improvisierten Gitarrenbegleitung in Cafés gesungen. Als Hotelangestellte – inzwischen waren sie in Madrid – hatte Rosario zwei Gästen die Pässe gestohlen, mit denen sie aus Spanien ausgereist und durch Südfrankreich gezogen waren. Die Namen der Paßinhaber wurden zu den ihren, und unter diesen Namen ließen sie sich in Nizza trauen, als er achtzehn und sie siebzehn war.

»Wir hatten ein Kind, einen kleinen Jungen«, sagte sie. »Er starb an Meningitis, als er drei war, und danach kamen keine mehr.«

Ich dachte an meine Mutter und legte meine Arme um sie. Ich, die ich ein Leben in frostiger Kälte geführt habe, finde es überhaupt nicht schwer, Rosario gegenüber Gefühl zu zeigen. Ich, die ich vor Emotionen jeder Art zurückschrecke, kann ihnen bei Rosario – und jetzt auch bei meinem Bruder – freien Lauf lassen. Als er wieder zu Hause und genesen war und sich in seinen Zügen Spuren jenes Piers ausmachen ließen, den ich vor so langer Zeit gekannt hatte, war es für mich ganz selbstverständlich, auf ihn zuzugehen, seine Hand zu nehmen und ihn auf die Wange zu küssen. Im Haus von Bekannten hatte ich die hübsche Sitte kennengelernt, daß die Gastgeber ihre Gäste, ehe sie sich auf ihre Zimmer zurückziehen, mit einem Gutenachtkuß verabschieden. Aus irgendeinem Grunde – vielleicht wegen der spürbaren Kälte, die von mir ausging – hatte ich selbst nie einen solchen Kuß bekommen. Jetzt aber – und ich tat, so erstaunlich es klingen mag, den ersten Schritt – gab ich beiden einen Kuß zur guten Nacht, und wenn wir uns am nächsten Morgen wiedersahen, küßten wir uns wieder.

An einem Abend, es war schon spät, bat ich sie, mir von dem bewußten Tag zu erzählen, jenem Tag, der so schrecklich zu Ende gegangen war, in Angst und gleißend-leerem Mondlicht. Sie sahen weg von mir und wechselten einen wehmütig-erinnerungsschweren Blick. Es war Rosario, die mit dem Bericht begann.

Seit unserem ersten Besuch hatten sie sich tatsächlich mehrmals in dem Spukhaus getroffen. Dort konnten sie ungestört miteinander allein sein, und dort hatten sie zitternd und zagend und doch kühn entschlossen ihre Flucht geplant. Ich erwähnte den Mann in jenem Zimmer, denn inzwischen war ich davon überzeugt, daß es ein lebendiger Mensch gewesen war, den ich durch eine Glasscheibe gesehen hatte, und kein Gespenst im Spiegel, aber damit konnten sie nichts anfangen. In der *Casita* waren sie immer ganz für sich gewesen. Für jenen Tag hatten sie sich entschieden, weil wir anderen zu den maurischen Gärten gefahren waren, hatten aber ansonsten keine Vorbereitungen getroffen und einfach etwas außerhalb des Dorfes den Nachmittagsbus nach Palma bestiegen. Rosario verfügte, wie wir ja wußten, über etwas Geld. Es reichte für die Schiffskarten von Palma nach Barcelona.

»Hätten wir es ihnen gesagt oder einen Brief hinterlassen, hätten sie uns gefunden und zurückgebracht«, sagte Rosario schlicht.

Sie hatte an jenem Tag eine goldene Kette mit einer Kamee getragen, die sie verkaufen konnte, und einen goldenen Ring am Finger.

»Den Ring mit den beiden kleinen Türkisen«, sagte ich.

»Ja, den. Meine Großmutter hatte ihn mir geschenkt, als ich ein kleines Mädchen war.«

Sie hatten alles verkauft, was sie an Wertsachen besaßen, Piers' Uhr und seinen Füllfederhalter und seine Kamera. Der Ring, sagte Piers, habe ihnen das Leben gerettet, als sie ohne Arbeit und halb verhungert gewesen seien.

Später waren sie recht wohlhabend geworden, denn Piers nutzte, wie mein Vater, das Geschäft mit Touristen. Er tat sich mit einem Mann zusammen, den sie in Marseille in einem Café kennengelernt hatten, und jahrelang besaßen sie ein eigenes Hotel.

Blieb noch eine Frage. Warum waren sie zurückgekommen?

Sie hatten ihr Unternehmen verkauft. In den Todesanzeigen eines spanischen Blattes, das sie manchmal in die Hand bekamen, hatten sie gelesen, daß Micaela als letzte von unseren Eltern gestorben war. Offenbar schämten sie sich vor mir nicht ganz so sehr. Dafür hatte ich Verständnis, ich war ja nur die Schwester. Jetzt also war alles klar. Während ich sie mit täglich wachsender Zuneigung betrachtete, fragte ich mich, wie ich je an ihrer Identität hatte zweifeln, wie ich je hatte denken können, sie seien alt und bis zur Unkenntlichkeit verändert.

Es war nun an der Zeit, Will einzuweihen. Wir hatten uns wieder vertragen. Ich hatte den Riß gekittet, hatte ihn zum ersten Mal von mir aus angerufen. Weil ich glücklich war, weil das Glück mich milde stimmte. Seit Piers und Rosario bei mir waren, hatte er mich immer mal wieder angerufen, wie es seine Art war, und ein-, zweimal hatten wir uns in der Stadt getroffen, aber ich hatte die beiden nicht erwähnt. Das tat ich auch jetzt nicht, ich lud ihn einfach zu einem längeren Besuch ein.

Für mich waren sie Bruder und Schwägerin, vertraute, geliebte Gestalten, deren Gesichter mir schon unsäglich teuer geworden waren, aber ich wußte, daß er sie nicht erkennen würde. Nicht, daß ich einen Test mit ihnen machen wollte, ich brauchte keinen Test, aber der Gedanke, sie unvorbereitet einander gegenüberzustellen, amüsierte mich. Ohne eine kleine Täuschung würde es nicht gehen, und widerstrebend willigten sie ein, sich von mir als »meine Freunde Mr. und Mrs. Page« vorstellen zu lassen.

In den ersten Minuten nahm er das offenbar hin. Ich beobachtete ihn, ich merkte, daß seine Hände zitterten. Dann konnte er den Verdacht nicht mehr ertragen und platzte heraus: »Es sind Piers und Rosario, ich weiß es.«

Die Zeit hatte ihm den Blick nicht verstellen können, sie allerdings gestanden mir später unabhängig voneinander, daß sie ihn, hätte man ihnen vorher nichts gesagt, nie erkannt hätten. Der rothaarige Junge, der »eine Haut weniger« besaß, hatte sich dem dicken rotgesichtigen

Glatzkopf nicht nur angepaßt, sondern sich in ihm völlig verloren.

Ob sie oft an die Bemerkung des Anwalts von den unvermeidlichen rechtlichen Schritten dachten, weiß ich nicht. Als sie mir zum zweiten Mal in den Sinn kamen, sprach ich ganz offen mit ihnen darüber. Wir standen uns inzwischen schon so nah, daß ein Rechtsstreit undenkbar gewesen wäre. Ich sagte Piers, daß ich meinen Besitz einfach teilen würde, die eine Hälfte sollte ihnen, die andere Hälfte mir gehören. Sie waren betroffen, sie sträubten sich, natürlich sträubten sie sich. Zu guter Letzt aber gelang es mir, sie zu überreden. Schwerer schon fiel es mir, meinen Wunsch auszusprechen, den Grundbesitz selbst zu halbieren, das Londoner Haus, die Farm in Somerset, mein Apartment in New York, wortwörtlich, mittendurch. Nur wenige Menschen hatten früher meine Gesellschaft gesucht, und ich fürchtete, sie könnten darin einen Bestechungsversuch sehen oder einen Mißbrauch meiner Machtposition. Rosario aber sagte nur:

»Doch hoffentlich nicht allzu genau mittendurch, Petra. Miteinander teilen wäre schöner.«

Nur eins bedang ich mir aus – daß nach

meinem geänderten Testament später alles, was ich besaß, an mein Patenkind, Tante Sheilas Tochter, gehen sollte, und damit war Piers sofort einverstanden, denn er wollte seinen Besitz der Tochter seines früheren Partners aus der Hotelbranche vermachen.

Und so lebten wir. So leben wir jetzt seit über einem Jahr. Noch nie bin ich so glücklich gewesen. Meist ist es nicht ganz einfach, als Dritte im Bunde mit einem Ehepaar zusammenzusein. Entweder stehen die Partner sich so nah, daß man zu stören meint, oder die Frau sieht einen als Verbündete gegen ihren Mann. Und wenn man jung ist, besteht die Gefahr, daß man dem Mann näherkommt, als einem guttut. Bei Piers und Rosario lagen die Dinge anders. Ich glaube wirklich, daß sie beide mit mir genausogern zusammen waren wie miteinander. In diesen wenigen Monaten gewannen sie mich lieb, und ich, die ich seit Piers' Verschwinden niemanden geliebt hatte, erwiderte ihre Liebe. Sie haben mir gezeigt, daß man warmherzig und gütig werden, daß man das Lachen und das Sichfreuen lernen kann, auch wenn man ein langes, kaltes Leben hinter sich hat. Sie haben etwas in mir aufgeschlossen und einen lebhaften Geist befreit, der wohl schon immer da war, aber lange Jahre angekettet in einem dunklen Raum geschmachtet hat.

Es ist jetzt zwei Wochen her, seit sich die Polizeibehörde auf Mallorca mit mir in Verbindung gesetzt und mir mitgeteilt hat, was die Archäologen gefunden haben. Es wäre ihnen eine Hilfe und sicherlich auch für mich eine gewisse Befriedigung, wenn ich nach Mallorca kommen und eine Identifizierung vornehmen könnte – nicht der sterblichen Überreste, dafür war zuviel Zeit vergangen, aber eine Identifizierung gewisser in den Höhlen gefundener Gegenstände.

Wir waren in Somerset, und Will war wieder einmal auf Besuch. Eigentlich könnten wir doch alle zusammen hinfahren, meinte ich. Seit damals hatte ich die Insel gemieden, aber inzwischen hatte sich die Situation geändert. Nichts, was ich dort sehen mochte, konnte mir Schmerz bereiten. Solange ich Piers und Rosario hatte, war ich gegen jeden Schmerz gefeit, war wie geborgen in der warmen Hülle ihrer Zuneigung.

»Dann begreife ich aber nicht«, sagte Will, »wieso du überhaupt hinfahren willst. Die Schmuckstücke, die Kleider oder was es auch sein mag, können nicht Piers oder Rosario gehört haben, denn die haben ihr Zeug verkauft. Warum willst du etwas identifizieren, was du in Wirklichkeit gar nicht identifizieren kannst?«

»Ich möchte die Insel wiedersehen«, sagte ich. »Ich möchte sehen, wie sie sich verändert hat. Diese Polizeigeschichte ist nur ein Vorwand.«

»Wahrscheinlich haben sie auch Knochen gefunden«, sagte er, »und vielleicht mehr als das, selbst nach so langer Zeit.« Er hatte seit jeher einen Hang zum Makabren. »Hat die Polizei dir verraten, wie die Sachen in die Höhlen gekommen sind?«

»Durch eine Art Strudelloch von oben, nimmt man an, einen Spalt in den Klippen, der mit einem Stein abgedeckt war.«

»Was hältst du davon, dorthin zurückzukehren, Piers?« fragte Rosario.

»Das werde ich erst wissen, wenn ich da bin«, erwiderte er. »Aber wenn Petra hinfährt, fahren wir mit. Wird das jetzt nicht immer so sein?«

10

Als ich heute früh aufwachte, hatte ich keinerlei ungute Gefühle. Ich empfand weder Angst noch Hoffnung. Ich war indifferent. Dies war nur eine lästige Aufgabe, die den Behörden zu Gefallen erledigt werden mußte, weil es meine »Bürgerpflicht« war. Dennoch merkte ich, daß mich mein Zimmer beengte, trotz der weit geöffneten Fenster, trotz Balkon und Seeblick, und ich machte die Bestellung beim Zimmerservice rückgängig und ging zum Frühstück nach unten.

Zu meiner Überraschung fand ich die anderen schon im Terrassensaal. Noch war es nicht warm genug, so früh am Morgen schon im Freien zu sitzen. Sie hatten mich nicht kommen sehen, hatten die Köpfe über dem Tisch zusammengesteckt und sprachen miteinander. Ich war versucht, leise heranzutreten und Rosario leicht und liebevoll eine Hand auf die Schulter zu legen, hatte aber das unbestimmte

Gefühl, daß ich sie damit erschrecken würde. Statt dessen rief ich ein »Guten Morgen«, das unbeschwert klang, weil es unbeschwert war.

Drei besorgte Gesichter wandten sich mir zu, doch gleich darauf trat an die Stelle der Besorgnis bei meinem Bruder und seiner Frau ein entschlossenes Lächeln, bei Will ein Ausdruck der Wachsamkeit. Es stellte sich heraus, daß sie sich meinetwegen Sorgen machten, daß sie die Köpfe zusammengesteckt hatten, um über die Auswirkungen der vor mir liegenden schweren Prüfung, wie sie es nannten, zu beraten. Was sie fürchteten, waren Bilder des Grauens, ein Blick ins Beinhaus. Einer von ihnen – oder alle drei – sollten mit mir gehen. Offenbar meinten sie, ich hätte ein behütetes Leben geführt, und im Vergleich zu dem ihren mochte das auch stimmen.

»Ich gehe ja nicht in die Höhlen«, sagte ich und bestellte mein Frühstück, »sondern in ein nüchternes Büro, und ich denke mir, daß dort alles ausgestellt und beschriftet sein wird wie in einem Museum.«

»Aber du wirst allein sein.«

»Nicht wirklich allein. Ich weiß ja, daß ihr nur wenige Kilometer von mir entfernt auf mich wartet.«

Der Tisch war leer bis auf ihre Kaffeetassen. Sie hatten alle nichts gegessen. Meine Brötchen kamen und Butter und Marmelade, Obst und Saft. Ich hatte plötzlich ungewöhnlichen Hunger.

»Was wollen wir hinterher machen?« fragte ich. »Wir können uns ein Boot nehmen und mittags in Formentor essen, oder wir könnten nach Lluc fahren. Vergeßt nicht, daß wir heute abend im Parador Golondro sind. Haben wir einen Tisch bestellt?«

»Sei mir nicht böse, Petra, das hatte ich ganz vergessen«, sagte Piers.

»Vielleicht kannst du es erledigen, während ich weg bin.« Eine leise Furcht regte sich in mir. Ich weiß nicht warum, wollte ich eben schreiben. Aber ich wußte es ja... »Ihr werdet doch alle hier sein, wenn ich zurückkomme?«

Rosarios Stimme klang völlig verändert. Noch nie hatte ich diesen Ton der Bitternis darin gehört. »Wo sollten wir denn sonst hin?«

Pünktlich um zehn kam der Wagen. Der Fahrer wandte sich gleich ins Binnenland, und von der Straße aus, kurz vor dem Abzweig nach Muralla, konnte ich unvermittelt dort, wo sich die Hügel teilen, ganz deutlich die *Casita* sehen. Die Farbe kam mir intensiver, leuchtender vor, ein goldener Ockerton, es mochte an einem frischen Anstrich liegen oder an der Sonne. Doch wann scheint die Sonne nicht? Die gelben Hügel mit ihren grauen und dunkelgrünen Gobelinstichen rückten wieder zusammen wie Schiebetüren, und das Haus zog sich dahinter zurück.

Ich hatte recht gehabt mit dem, was mich in Muralla erwartete: ein neues Bürogebäude aus diesem körnig-weißen Beton, der allenthalben das Mittelmeer verschandelt und noch am ehesten Ähnlichkeit mit billigen Eiscremeblöcken hat. Innen, im »Atrium« – bestimmt nennen sie es so – wucherte ein Wald von Plastikpflanzen. Sogar eine kleine Kollektion von Erdbeerbäumen aus Plastik hatten sie dort – in Schaumstoffamphoren. Über Dschungelpfade führte man mich zu einem Zimmer mit der Aufschrift *privado,* und erst hier, als zwei weitere Polizeibeamte zu uns traten und ein Schlüssel für das Zimmer hervorgeholt wurde, überkam mich ein Gefühl nahenden Unheils, und wie ein Bläschen stieg die Angst in meiner Kehle hoch, so daß ich nach Luft schnappte.

Sie waren sehr freundlich. Es waren große, starke Männer, denen es Freude machte, das zu tun, wozu die Natur sie geschaffen hatte: eine Frau vor den Unerfreulichkeiten des Lebens zu schützen. Einer sprach leidlich Englisch. Ich möge so freundlich sein, mir die Gegenstände sehr sorgfältig anzuschauen und zu überdenken, was ich gesehen hatte, und dann würden sie mich hinausbringen und mir ein, zwei simple Fragen stellen. Unerquickliches hätte ich nicht zu befürchten. Die Knochen, die man in der Höhle gefunden hatte ... er entschuldigte sich förmlich dafür, daß sie da waren. Ich brauchte sie mir nicht anzusehen.

»Ich würde sie gern sehen«, sagte ich.

»Nach so langer Zeit lassen sie sich nicht mehr identifizieren.«

»Ich würde sie gern sehen.«

»Wie Sie wünschen.« Er zuckte die Schultern, und dann machten sie die Tür auf.

Ein leeres Zimmer. Ein Zimmer mit Schubfächern und Arbeitsflächen wie in einem Sezierraum, nur waren alle Oberflächen aus hellem polierten Holz, und an den Fenstern hingen hellgraue Lamellenvorhänge. Schubfächer wurden vorgezogen, Tabletts herausgenommen und auf den langen Mitteltisch gestellt. Ich näherte mich langsam, die Hände ineinander verkrampft, und spürte meine kalten Fingerspitzen in meiner kalten, feuchten Handfläche.

Vor mir lagen zwei Paar Schuhe, ein Paar dunkelblaue Slingpumps aus Leder mit Keilsohle, die Männerschuhe waren das, was wir heute Joggingschuhe nennen, früher sagte man einfach Turnschuhe dazu; ungezieferbenagte Fetzen Stoff, die früher eine Flanellhose, ein Hemd gewesen sein mochten, ein Kleid, an dessen Kragen noch ein Perlknöpfchen hing; eine goldene Kette mit einem Kreuz, eine goldene Uhr mit Armband und Sicherheitskettchen, eine robustere Uhr mit verrottetem Lederarmband, ein Kinderring für den kleinen Finger mit zwei stecknadelkopfgroßen Türkisen an einem drahtdünnen goldenen Reif.

Ich sah mir die Sachen an. Ungerührt, aber den Zuschauern zuliebe mit einem Schein der Anteilnahme. Die Kollektion von Knochen war zu dürftig, um Abscheu hervorzurufen. Konnte das denn alles sein? Vielleicht waren nur ein paar Musterexemplare bis in diesen Raum gelangt. Ich streckte die Hand aus und griff nach einem der langen Knochen. Der Beamte, der mich hergebracht hatte, machte einen Schritt auf mich zu, aber sein Vorgesetzter, der mich scharf beobachtete, hielt ihn zurück. Ich umfaßte den Knochen mit beiden Händen, befühlte seine trockene, abgeschliffene Entseeltheit, grau und körnig, sein Alter, das schon so lange ohne Leben war, und legte ihn behutsam wieder hin.

Ich kehrte den Fundstücken den Rücken und habe nie wieder einen Blick darauf getan.

»Das alles habe ich nie zuvor gesehen«, erklärte ich. »Ich kann nichts damit anfangen.«

»Bestimmt nicht? Wenn Sie noch etwas Bedenkzeit brauchen...«

»Nicht nötig. Ich erinnere mich ganz genau, was mein Bruder und meine Cousine anhatten.«

Sie ließen sich Kleidungsstücke von Piers und Rosario beschreiben. Ich zählte Schmuck auf. Ein Anhänger fiel mir ein, den sie bei unserer ersten Begegnung getragen hatte, ein Bild ihrer Mutter in einem Goldrähmchen unter einem mit Zuchtperlen besetzten Deckel.

»Vielen Dank, Sie haben uns sehr geholfen.«

»Zumindest habe ich eine Möglichkeit ausgeschlossen«, sagte ich und wußte, sie würden mich nicht verstehen.

Sie fuhren mich nach Llosar zurück. Die Früchte des Erdbeerbaums brauchen ein Jahr bis zur Reife. Aus der diesjährigen Blüte, die sich jetzt geöffnet hat, entstehen die Früchte, die in zwölf Monaten reif sein werden. Und sobald sie reif sind, werden sie gepflückt, als Obstkuchenbelag. Jäh überfiel mich der dringliche, unsinnige Wunsch, mir die Erdbeerbäume im Hotelgarten noch einmal anzusehen, ehe sie leer gepflückt waren. Ich öffnete selbst die Tür des Wagens, stieg aus und ging zum Hotel, ohne noch einmal zurückzusehen. Doch dann ging ich nicht die Stufen hinauf, sondern schwenkte ab in den schattigen Garten. Es ist ein hübscher Garten mit geometrisch angelegten Wegen und kleinen rechteckigen Teichen, in denen gelbe Fische schwimmen, Zypressen und Wacholder sind in Gruppen gesetzt, als hätten sie sich zufällig getroffen und wären nur mal eben auf einen Plausch stehengeblieben. Links von mir erhob sich die Terrasse in der Sonne, dahinter war der Swimmingpool, aber hier unten wuchs der Arbutus, die weißen Blüten glänzten, die roten Früchte flammten und funkelten wie Baumbehang an einem Weihnachtsbaum des Nordens.

Piers und Rosario saßen oben auf der Terrasse. Ich kann nicht recht sagen, woher ich es wußte, denn vorsätzlich hatte ich nicht hingesehen. Ich spürte ihren gequälten Blick, die warme, windstille, erwartungsschwere Luft trug mir ihre Angst zu. Ich wußte alles über sie, ich wußte, wie ihnen jetzt zumute war. Sie hatten mich gesehen, deuteten die Tatsache, daß ich gleich hierher gegangen war, als Zorn und Jammer, als das Wissen um Verrat. Natürlich war mir klar, daß ich sofort zu ihnen gehen und dieser Qual ein Ende machen mußte, ich mußte zu ihnen und die Bewunderung der süß duftenden, schneeigen Blüten, der erdbeerartigen Früchte auf einen anderen Tag verschieben.

Vorher aber pflückte ich noch eine Frucht und steckte sie in den Mund. Was Iris Harvey gesagt hatte, war falsch. Die Früchte waren nicht geschmacklos. Sie schmeckten wie frisches, knackiges Gemüse, scharf und eigenartig, keiner anderen Frucht vergleichbar, die ich je gekostet hatte, aber nicht unangenehm. An diesen Geschmack, dachte ich, könntest du dich gewöhnen.

Ich ging die Stufen zur Terrasse hinauf. Will war nicht in Sicht. Tapfer, so wie ich es von ihnen erwartet hatte, unbesiegten, mutigen Herzens erwarteten sie mich. Sittsam, ja, formell gekleidet im Vergleich zu den anderen Gästen, die im Badeanzug herumsaßen, kamen sie mir dennoch nackt vor, in ihren Augen stand die Tragödie ihres langen, elenden, vergeudeten Lebens. Sie hielten sich bei der Hand.

»Petra«, sagte Piers. Nur meinen Namen.

Es wäre unausdenkbar grausam gewesen, sie noch länger auf die Folter zu spannen. Seit sie bei mir waren, hatte ich gelernt, mich wie ein menschliches Wesen auszudrücken, wie jemand, der versteht, was Liebe ist, der Herzlichkeit kennt.

»Wie traurig ihr ausseht«, sagte ich. »Es ist doch nichts passiert? Das war ein ganz dummer Vormittag, die Fahrt war reine Zeitverschwendung. Sie hatten nichts vorzuweisen außer einem Bündel Lumpen, die ich nie gesehen hatte, und einer Handvoll billigen Tand. Ich weiß nicht, was sie erwartet haben. Daß es etwas mit euch zu tun hätte?«

Sie saßen ganz still. Ich weiß, was eine Schockwirkung ist. Doch dann lockerten sich langsam die ineinander verschlungenen Hände, und Rosario zog die ihre zurück. Ich ging zu ihnen und küßte sie liebevoll. Ich setzte mich auf den dritten Stuhl und lächelte ihnen zu. Und dann fing ich an zu lachen.

»Verzeiht«, sagte ich. »Ich lache nur, weil ich glücklich bin. Kinder lachen, wenn sie glücklich sind. Warum nicht auch wir?«

»Warum nicht?« sagte Piers, als sei das ein ganz neuer Gedanke, als täte sich eine neue Welt vor ihm auf. »Warum nicht?«

Ich erinnerte mich an jenen Tag vor langer Zeit, an dem mein Bruder die gleiche rhetorische Frage gestellt, auf die gleiche seltsame Art seine Zustimmung bekundet hatte, als Will den Besuch in der *Casita* vorgeschlagen und Rosario Bedenken geäußert hatte. Einen Moment sah ich uns alle an, wie wir damals gewesen waren: Will mit seinem Basthut, die langbeinige Rosario mit dem wie poliert glänzenden Haar, meinen frisch verliebten Bruder. Ich seufzte und verwandelte den Seufzer in ein Lächeln.

»So, und nachdem ich das hinter mir habe, können wir hierbleiben und richtig Urlaub machen. Seid ihr einverstanden?«

»Warum nicht?« sagte Piers noch einmal, und diesmal erschien Rosario und mir die Wiederholung jener Worte unheimlich komisch, wir fingen beide an zu lachen wie über einen köstlichen Witz, eine umwerfend geistreiche Bemerkung.

So fand uns Will, von Lachen geschüttelt, nachdem er zweifellos aus einem Fenster nach günstigen oder ungünstigen Vorzeichen Ausschau gehalten und entschieden hatte, es sei ungefährlich, zu uns zu stoßen.

»Habt ihr den Tisch im Golondro bestellt?« fragte ich, heiser vom Lachen, matt vom Lachen.

Will schüttelte den Kopf. Ich wußte natürlich, daß er es nicht getan, daß keiner von ihnen es getan hatte. »Mache ich gleich«, sagte er.

»Beeil dich«, rief ich ihm nach. »Wir wollen feiern. Ich bestelle eine Flasche Champagner.«

»Was feiern wir, Petra?« fragte Rosario.

»Nur, daß wir wieder hier zusammen sind.«

Sie lächelten, denn ich sah beide so zärtlich an, wie ich nie einen Liebhaber angesehen habe. Und das Gefühl, dem dieser Blick entsprang, war besser als der Blick eines Liebhabers, denn es war bar jeder Selbsttäuschung, bar aller Illusionen. Natürlich hatte ich mich nie täuschen lassen. Ich hatte, wenn nicht sofort, so doch vom dritten Tage an gewußt, daß dies nicht mein Bruder mit seiner Frau war. Kein Mensch, soviel steht fest, kann sich zweimal im Leben den Blinddarm herausnehmen lassen. Aber ich hätte es ohnehin gewußt. Mein Blut sagte es mir, mein Instinkt und die dreizehn Jahre mit einem Bruder sagten es mir, dem ich enger verbunden gewesen war als meinen Eltern oder je einem Freund. Ich wußte – seit eh und je –, daß sie ein Betrügerpaar waren, von Will rekrutiert und instruiert. Ich wußte – fast von Anfang an –, daß mir ein übler Streich gespielt worden war in der Hoffnung auf Gewinn für sie und für Will.

Doch man kann es auch anders sehen. Ich habe sie gekauft, und jetzt gehören sie mir. Sie müssen bleiben, sie wüßten sonst nicht wohin. Hat nicht Piers darauf angespielt, als er sagte, wir würden nun immer alles gemeinsam unternehmen? Sie sind meine engsten Gefährten. Wir haben voneinander keinen Gewinn mehr zu erhoffen, wir haben unser Testament gemacht, und wenn einer von uns stirbt, haben die anderen keinen Nutzen davon.

Sie haben mich glücklicher gemacht, als ich es je war. Ich kenne die Menschen. Ich habe sie beobachtet. Ich bin der beste Beweis dafür, daß der Einzelgänger recht hat mit seinem Leitspruch, der Zuschauer habe immer am meisten vom Spiel. Und ich weiß, daß Piers und Rosario mich jetzt ebenso lieben wie ich sie, und daß sie meine Abneigung gegen Will teilen. Sicher haben sie ihn entschädigt, ich will gar nicht wissen wie, und ich sehe voraus, daß sich das

Band, das ihn mit uns verbindet, allmählich lockern wird. Der Anfang war gemacht, als ich ihn ins Hotel zum Telefonieren schickte, als Rosario meinen Blick erwiderte und Piers in einer leicht skeptischen Bewegung die Lippen schürzte.

Soll ich all dem mit einer Konfrontation, mit Anschuldigungen ein Ende machen und sie aus meinem Leben verbannen? Soll ich mich – und diesmal, in meinem Alter, endgültig und unwiderruflich – in jene Einsamkeit zurückziehen, die jetzt, da ich weiß, daß es auch anders geht, noch unerträglicher wäre?

Ich habe den Knochen meines geliebten Bruders in der Hand gehalten. Ich habe seine Sachen gesehen, die über die Jahre zerfallen, zu Lumpen geworden sind, habc die Überbleibsel eines Schuhs berührt, in dem einst sein kräftiger, schlanker Fuß steckte. Jetzt werde ich mich der Aufgabe zuwenden, ihn zu vergessen. Ich habe einen neuen Bruder, eine neue Schwester, mit denen ich für den Rest meines Lebens glücklich sein kann.

Will ist wieder da, mit dummem Gesicht, weil er nicht begreift, was hier vorgeht, er sagt, daß wir heute um neun im Parador de Golondro, dem Haus der geheimen Wünsche, essen werden. Natürlich ist dies das Stichwort für das typisch britische Gejammer über die späten spanischen Essenszeiten. Nur Rosario hat nichts zu sagen, denn sie ist ja Spanierin. Oder nicht?

Ich nehme mir fest vor, daß ich mich nie bemühen werde, es herauszubekommen, daß ich nie bohren, Fallen stellen, den Versuch einer Überführung machen werde. Ich habe gar nicht das Bedürfnis, Einzelheiten der Verschwörung zu erfahren. Und wenn die Zeit gekommen ist, werde ich mir weder eine Beichte auf dem Sterbebett anhören noch selbst eine ablegen.

Denn als ich vorhin an ihren Tisch trat, um ihnen die Angst zu nehmen, sah ich ihnen an, daß sie sich in mir ebensowenig täuschen wie ich mich in ihnen. Sie wissen, daß ich weiß und daß wir es in der Liebe zueinander tragen können.

Helen Simpson

Die Sünden des Fleisches

Roman

Aus dem Englischen von
Olga Klenner

Titel der englischen Originalausgabe:
Flesh and Grass

I

Chouette saß auf der holländischen Küchenanrichte und beobachtete George dabei, wie er den Tierkörper zerlegte. Ihre Augen schillerten wie geschälte Trauben, und aus den Ecken ihrer blanken Schnauze traten winzige Fänge wie kleine Knoblauchzehen hervor. Sie zuckte bei jedem Hieb, mit dem er die Luft aus den pfeifenden Lungen schlug, zusammen.

Thurkle legte Wert darauf, sein Fleisch selbst auszulösen, wann immer es möglich war, weil er den Fertigkeiten der Metzger diesseits des Kanals mißtraute. Kaum daß sie die Innereien von einem Bruststück unterscheiden konnten, spottete er, und die Art, wie sie ihr Fleisch zerteilten, war einfach eine Schande. Sie hatten keinen Respekt vor dem Verlauf der Fettstränge, sie verzogen das Fleisch zu klumpigen runden Bratenstücken, ohne zuvor die Sehnen oder Knorpel zu entfernen, so daß es sich *natürlich* binnen der ersten zehn Minuten im heißen Backofen grotesk verformte. Was den bescheidenen Wunsch nach diagonal geschnittenen Fleischstücken anbelangte: eher könnten Schweine fliegen.

Schweinskopf und -füße lagen bereits im Pökelfaß aus Kirschbaumholz draußen im Schuppen, während das herausgelöste Hirn in gesalzener Milch simmerte. Das Hirn hatte er Growcott versprochen, die Schweinsohren aber waren für ihn selbst; sein Gaumen zog sich zusammen beim Gedanken an die in Semmelbröseln gebratenen, knorpeligen Lappen.

Das Hackmesser blitzte mit der Regelmäßigkeit eines Uhrwerks auf, und schon bald war auch das größere Pökelfaß gefüllt. Chouette starrte unverwandt auf den Teller mit der rotbraun schimmernden Milz. Die auf dem Kies knirschenden Schritte von Growcott vernahm sie zuerst und als er die Tür öffnete, flitzte sie an ihm vorbei nach draußen. Die erbeutete Milz im Maul, sauste sie im Triumphzug quer durch den ganzen Garten.

Thurkle stieß ein paar kehlige Flüche aus, und sein blauwangiges Gesicht färbte sich aschgrau. Das Fleischmesser noch immer in der Hand, wirbelte er an Growcott vorbei in den Garten, nach Blut lechzend. Chouette kletterte in Sekundenschnelle auf den Affenbrotbaum, verlor aber auf halber Höhe die Milz, die dort für mehrere Tage an einem dornigen flaschengrünen Zweig baumeln und von den Krähen zerfressen werden sollte. »Ich lande noch am Galgen wegen dieser Katze«, sagte Thurkle, wieder in der Küche.

»Du solltest wegen solcher Dinge nicht gleich aus der Haut fahren. Schlecht für den Blutdruck. Tja, ich muß schon sagen, es sieht nicht so aus, als sei von Pride noch viel übrig. Ich bin doch nicht zu spät, oder?«

»Nein, du kommst genau zur richtigen Zeit. Du kannst ein bißchen filetieren helfen und dann das Netz vom Magen abziehen, damit ich diese Woche *Crépinettes* machen kann.«

George Thurkle war Maître de Cuisine und Besitzer des *Chez Thurkle,* eines Feinschmeckerrestaurants in Barwell. Ein Geheimtip, vielgepriesen von den erstklassigen Restaurantführern.

»Eine gute Idee. Ich muß nur noch meine Hände schrubben.« Und Growcott, der sich die Ärmel bereits bis zum Ellbogen hochgekrempelt hatte, ging mit der aufgeräumten Fröhlichkeit eines Chirurgen daran, sich Hände und Unterarme einzuseifen. Er war ein guter Koch, nicht zimperlich, penibel, unendlich geduldig im Umgang mit heiklen Innereien oder Bindegewebe.

Die beiden Männer standen auf den gegenüberliegenden Seiten des Tisches, schnitten und hackten, blutrot bis zu den Handgelenken, ihre Messerklingen glitten durch feinste Silberhäutchen, durch grobfaseriges Fleisch und um bläulich glänzende Knochen, wobei sie die Vorzüge von Schweinskopfwürsten gegenüber einer gelungenen *Fromage de tête* besprachen.

»Wenn der Kopf acht Stunden leicht geschmort hat, nimmt man ihn heraus und löst Knochen und Zähne aus«, erklärte Thurkle. »*Das* dauert natürlich auch seine Zeit.«

»Ich habe schon einmal eine Schweinskopfsülze gesehen, bei der die Zunge ganz gelassen wurde und das übrige Fleisch gewürfelt um sie herum in Aspik gelegt war«, sagte Growcott angeregt.

»Joy müßte im November schlachtreif sein«, überlegte Thurkle. »Ich dachte mir, daß ich das Rezept für Schweinskopf, den man eigentlich an Fronleichnam ißt, für *ihren* verwende, ihn aber erst an Weihnachten zubereite.«

»In diesem Fall wäre es ja kein Schweinskopf, sondern ein *Saukopf.*«

Sie wuschen ihre Hände gemeinsam am Spülbecken in einem Schaum aus rötlichen Seifenblasen. Dann entkorkte Thurkle eine Flasche Muscadet.

»Wie findest du den?« fragte er und spülte mit aufgeblähten Backen einen Schluck in seinem Mund herum. »Er ist erst vom letzten Jahr. Ich bin mir nicht sicher.«

»Ich weiß nicht recht, ich glaube, er ist ganz gut. Ein bißchen frisch vielleicht, er hat etwas Junges, Unausgereiftes«, grinste Growcott, »aber gar nicht so schlecht.« Durch das Fenster konnte er sehen, wie Chouette gerade ein Stück Erde im Sauerampferbeet freischarrte. Sie sah sich über beide Schultern hinweg um und nahm dann auf Pfotenspitzen eine geduckte Stellung ein. Einige angespannte Sekunden verharrte sie in dieser Position, so als ob sie an etwas anderes denken würde, dann inspizierte sie kurz das Ergebnis, bevor sie mit fleißiger Bescheidenheit Erde darüber häufte.

»Der Mist von Fleischfressern ergibt einen widerlichen Kompost«, bemerkte Growcott. »Er verrottet nicht zu Erde wie der Kot von Pflanzenfressern. Welch eine Idee. Vielleicht könnte ich meine scheinheilige Tochter Bryony dazu bringen, einmal etwas Nützliches zu tun, und darauf bestehen, daß sie sich im Garten erleichtert. Am liebsten unter den Rosensträuchern. Ich habe die Nase gestrichen voll von ihrem ›Ich-bin-heiliger-als-du-Getue‹, das kannst du mir glauben.«

»Frauen«, sagte Thurkle. »Wo wir gerade dabei sind, wie geht es deiner Neuen? Hast du sie wieder beim Stethoskopieren kennengelernt?«

»Überhaupt nicht«, gab Growcott scharf zurück. »Mir liegt zuviel an meiner Praxis. Geschäft und Vergnügen durcheinanderzubringen, kann ich mir kaum leisten, alter Freund.« Nicht einmal Thurkle wußte, daß er in dieses gottverlassene Nest Barwell gezogen war, am Ende der Welt, gut drei Stunden von London entfernt, um einem albernen kleinen Vorfall zu entgehen, der niemanden außer ihn etwas anging und durch den er seine Praxis in St. Pancras verloren hatte und beinahe noch seine Approbation.

»Aber anschauen ist doch nicht verboten, oder? Was ist mit Bob Lesters Tochter, die mit dem Asthma?«

»Das liegt doch nun schon zwei Jahre zurück. Daraus ist nie etwas geworden. Wie ich schon sagte, es lohnt sich nicht, bei meiner Art von Arbeit Geschäft mit Vergnügen zu verbinden.«

Hatte Delphine wieder einmal ein Anflug von Gewissensbissen ereilt? Sie war doch nicht so dumm gewesen, nach all der Zeit auszupakken. Nein. Soviel Skrupellosigkeit, wie Delphine Thurkle sie an den Tag legte, war er noch nie begegnet, das mußte er ihr lassen. Kaum zu glauben, wie gründlich sie verfallen war. Er mußte an die Krähenfüße um ihre Augen denken, die er beim letzten Mal bemerkt hatte: Wenn sie ihren Kopf nach unten beugte, bildeten sich kreuz und quer winzige Fältchen wie bei einem Apfel, der schon vierzehn Tage in der Obstschale gelegen hat. Trotzdem, das beste war, gleich zum Gegenangriff auszuholen.

»Wie geht es denn der Frau Gemahlin?« fragte er mit einer Spur Angriffslust in der Stimme. »Was macht *la belle* Delphine?«

»Dicker denn je«, antwortete Thurkle. »Sie wiegt wahrscheinlich so viel wie Joy. Wer weiß, was für eine Figur sie mit vierzig haben wird.«

»Laß uns mal nach Joy sehen«, schlug der Doktor vor.

Sie nahmen ihre Gläser und gingen nach draußen bis hinunter zum Obstgarten, der am

Ende des langgezogenen Gemüsegartens lag. Kurz vor dem Obstgartentor, ein Stückchen entfernt von den Kaninchenställen und den Holzschuppen stand das kleine steinerne Räucherhäus (erbaut nach Thurkles eigenen Plänen vom Dorfbösewicht Roger Saddington, der von Gelegenheitsarbeiten als Knecht, Totengräber, Lagerist im Supermarkt oder Gärtner gelebt hatte, bevor er seine wahre Berufung im nahen Schlachthof fand) –, und nebenan befand sich der Schweinestall.

Das Schwein lag auf der Seite im Stroh, beschienen von der Oktobersonne. Die kupferfarbene Tamworth Sau mühte sich, auf ihre Schweinsfüße zu kommen, und ging auf sie zu, als sie sich näherten. Die bei Schweinen fehlende Beweglichkeit der Fußgelenke gab ihr den trippelnden Gang einer Frau auf Pfennigabsätzen. Auf den beiden Vorderfüßen sah man ein winziges Loch, um das sechs kleine Kreise eingekerbt waren, im Volksmund die Teufelsklaue genannt (denn genau durch dieses kleine Loch befielen angeblich die bösen Geister die Schweineherde in Gardara). Die Sau hatte kleine kurzsichtige Augen, blattförmige Ohren, die von sandfarbenen Borsten eingefaßt waren, und ihr wildschweinartiger Rüssel endete in einem feuchten, fleischigen Knopf mit Nasenlöchern anstelle von Knopflöchern. Ohne Nacken, ohne Taille, mit schlanken Flanken und Hängebauch mündeten ihre Bilderbuch-Hinterhaxen in einem trivialen Schweineschwanz von der Form eines &-Zeichens.

»Sie ist gut gewachsen«, stellte Growcott voller Respekt fest.

»Noch besser wird sie aussehen, wenn sie erst das ganze Fallobst verzehrt hat.« Thurkle wies mit dem Kopf in Richtung Obstgarten. »Achtzehn Monate ist sie im November. Ich hatte mir überlegt, im nächsten Jahr auf Camborough Blues umzusteigen, aber ich weiß noch nicht. Tamworth Schweine sind gute Futterverwerter.«

»Deine Küchenabfälle wirst du hier bestens los«, sagte Growcott.

Joy hatte ihre Höchstform an Stattlichkeit in der Tat nicht nur durch Süßkartoffeln und Kartoffelschalen erreicht, sondern auch durch Gerstenmehl, Molke, späte Wicken, Esparsette und Klee sowie durch die eine oder andere Maus, die gelegentlich durch den Stall huschte.

»Im Oktober habe ich einen Ausweis für die

Eichel- und Bucheckernernte im Shorter Wald«, fuhr Thurkle fort. »Da müßte sie durch die Eichelmast auch noch einige Kilo ansetzen.«

»Dann lohnt es sich ja.«

»Ich habe ja eigentlich auch keine andere Wahl, nicht wahr«, sagte Thurkle. »Die Schweine hier kommen weit und breit nur aus Massentierhaltung. Und diesen Dreck serviere ich nicht in meinem Restaurant.«

Das führte sie zu dem Thema, über das sie sich fast am liebsten miteinander unterhielten, die Frage nämlich, woran sich ein wirklich guter Schinken erkennen ließ. Während sie über die perfekte, ledern-ungenießbare Kruste der Schweineschwarte debattierten, aus der stets noch ein paar Borsten hervorstehen mußten, wobei sich das magere Fleisch nie vom Fett lösen durfte und darüber, daß der gekochte Speck golden und fest und nicht mürb sein sollte, so daß das Öl noch aus den knusprigen festen Stücken troff, schlich sich schüchtern ein Mädchen von zehn oder elf Jahren an den Stall heran.

»Susan Farewell«, bemerkte Growcott.

»Was willst du?« fragte Thurkle.

Susan wurde rot und sagte: »Miss Stackpole

hat gesagt, daß wir uns nach Beispielen umschauen sollen, wissen Sie, weil wir doch die Verdauung in Biologie durchgenommen haben, und ich dachte, ein Kaninchen sei ein gutes Beispiel, weil wir die Verdauung doch mit einer Art kleinem Experiment abschließen sollen. Deshalb dachte ich, Kaninchen, weil sie doch alles zweimal essen. Weil Gras doch zu zäh ist, um es in einem Durchgang zu verdauen. Zellulose.«

»Sie bringen ihnen heutzutage noch nicht einmal mehr bei, richtig zu sprechen, merkst du das«, sagte Growcott.

»Was?« fragte Thurkle Susan.

»Könnte ich bitte Ihre Kaninchen für eine halbe Stunde beobachten?« murmelte sie.

»Nur, wenn du sie nicht anfaßt.«

»Weil Kaninchen doch Pflanzenfresser sind«, beharrte sie. »Wo ist Bryony, Dr. Growcott?«

»Wo sich meine Tochter augenblicklich aufhält, ist mir, wie immer, ein Rätsel.«

»Und wo ist das andere Schwein?« fragte sie und spähte in den Stall.

»Soeben zurück vom Schlachthof«, entgegnete Thurkle. Tatsächlich war es Pride gewesen, deren Fleisch sie am Nachmittag verarbeitet hatten. Kinder irritierten ihn, und er hoffte, daß dieses hier bald verschwinden würde. Susans Augen öffneten sich weit und begannen zu glänzen, ihre Lippen bebten, dann rannte sie davon.

»Man sollte nicht glauben, daß eine Metzgerstochter so empfindlich sein kann«, sagte Growcott nachdenklich. »Ich wette zehn zu eins, daß die Kaninchen sie enttäuschen werden. Sie fressen ihren eigenen Nachwuchs und ihren eigenen Kot, so ist es nun einmal.«

Wieder zu Hause öffnete Growcott den Aktenschrank in seinem Arbeitszimmer und nahm sein derzeitiges Tagebuch heraus. »Bleifarbene Schatten umrahmen die Augen der jüngsten Halbzarten«, schrieb er. »Verlockende Arme. Eine kleine rote Zunge und Lippen wie feuchtklebrige Leckereien.« Er schlug das Tagebuch zu, legte es zurück in den braunen Umschlag seiner Versicherungsmappe, und kramte eine Weile in den Büchern und Papieren für die Arbeit an seiner *Individuellen Geschichte der Schlemmerei,* für die er bereits einen großzügigen Vorschuß erhalten und ausgegeben hatte. Sein verzweifelter Verleger in Soho hatte für den nächsten Herbst alles auf sein vages Versprechen gesetzt, »daß den Leuten garantiert das Wasser im Munde zusammenlaufen würde«. Eine Seite aus dem Kapitel mit dem vorläufigen Titel *Die lebenswichtige Verbindung: kulinarische/sexuelle Identifikationen* flatterte zu Boden. Er stellte fest, daß es sich um einen Absatz aus Killigrews tollkühner Komödie aus der Restaurationszeit handelte und las es mit verliebtem Lächeln noch einmal durch. »Ein Mädchen, fünfzehn Jahre alt, geschmeidig wie Satin, weiß wie ihre Sonntagsschürze, zart und fein. Mit Haut und Haar werde ich sie vernaschen. Erst wärme ich sie mit ein paar Volkstänzen, dann pflücke ich sie, lege sie zwischen die Bettücher; dort flöße ich ihr so viel Liebesgeflüster ein, daß sie den Männern zugetan ist und stecke in ihr Herz drei Gran voller Liebe, damit sie Geschmack an dem findet, was sie tut.«

Ob sechzehn, ob fünfzehn, das war doch so beliebig.

Er heftete das Zitat wieder ein und studierte dann seine Aufzeichnungen zum Stichwort Fleisch: verschiedenes; Hai hatte er bislang noch nicht probiert; er galt als mager, klebrig und unverdaulich, was ihn aber nächstes Jahr auf seiner geplanten Reise nach Island nicht von einem Versuch abhalten würde. Ein Gericht aus Bisonhöckern wurde in einem von Fennimore Coopers Romanen erwähnt, doch er mußte zugeben, daß *diese* für ihn vollkommen außer Reichweite lagen. Gregory Gough, mit dem zusammen er beim letzten jährlichen Festessen zuviel getrunken hatte, hatte mit den köstlich geschmorten Bärentatzen geprahlt, die er kürzlich auf einer Pressereise durch China verspeist hatte, und, nicht ganz so weit entfernt, von zarter Eselswurst, goutiert in Kastilien. Aus irgendeinem Grund erschien ihm das Bild von Delphines Katze vor Augen, wie sie durch das Gras glitt.

Alles, was bislang unter Katze stand, war ein nichtssagender Absatz von William Salmon: »Ihr Fleisch wird gewöhnlich nicht gegessen, in manchen Ländern hält man sie aber für eine ausgezeichnete Speise, doch vom Hirn sagt man, daß es giftig sei, Wahnsinn hervorrufe, Dummheit und Gedächtnisschwund und nur durch Erbrechen oder eine Prise Muskat im Wein geheilt werden könne. Schmerzen bei Hämorrhoiden könnten gelindert werden, wenn man ihr Fleisch darauf legt.«

2

Die Luft draußen war elefantenfarben, regenverhangen. Valerie Farewell schob sich ihre Hände ins Kreuz und hob ihr Kinn, so daß ihr Hals eine dieser kleinen gebogenen Brücken beschrieb, wie man sie von den Weidenzweigen auf chinesischen Teetassen kennt. Ihr Haar war mit einem Küchentuch nach hinten gebunden, und sie trug eine große Küchenschürze mit Latz. Auf ihren nackten Beinen lag der Staub des Spätsommers, sie waren sandig, mit mehreren rötlichen Flohstichen an den Knöcheln. Die Küche war fertig geputzt, und auf Zehenspitzen ging sie über das nasse Linoleum, um nach dem Baby zu sehen.

Er lag auf dem Rücken in seinem Moses-Korb und betrachtete seine Hände, drehte dabei seine Finger so langsam in der Luft wie ein Lurch unter Wasser. Als er sie bemerkte, lachte er und ruderte wild mit Armen und Beinen hin und her wie ein festgewachsener Sprinter.

Thomas erschien glitzernd vom Regen in der Tür und fragte: »Wie geht es dem kleinen Kerl?«

»Schau ihn dir an«, sagte Valerie. »Aber paß auf den Boden auf, ich habe ihn gerade gewischt.«

»Der ist aber fröhlich«, stellte Thomas fest, als ihm das Baby ein strahlendes Lachen zuwarf.

»Er hat ein wonniges Gesicht«, surrte Valerie. »Schau dir nur dieses Gesicht an. Wie kann da jemand an die Erbsünde glauben?«

Sie umarmten sich, dann trat sie einen Schritt zurück und fuhr mit dem Zeigefinger leicht über seine Augenbraue, schob die kleinen Härchen vor und zurück, die sich anfühlten wie Fell.

»Und«, begann sie, »was gibt es Neues? Ich war den ganzen Tag nicht draußen.«

»Heute früh habe ich George Thurkle etwas beigebracht, und wir kamen ins Gespräch. Er ist immer noch ganz angetan von der Idee mit den Wildschweinen, aber ich müßte fünftausend aufbringen, und das nur als Einstieg.«

»Noch ein Kredit«, stöhnte Valerie.

»Er hat versprochen, daß Delphine Bestellung und Versand übernimmt.«

»Ja, wirklich«, sagte Valerie. »Ich frage mich, ob Delphine das weiß.«

»Und dann habe ich Dr. Growcott in Stokeridge gesehen, wie er gerade einer Frau aus seinem protzigen neuen Wagen half.«

»Er gibt es auch nicht auf. Wie sah sie denn aus?«

»Minirock. Hübsche Beine.« Thomas füllte zwei Becher mit Tee und stellte anschließend noch zwei neue Becher auf den Tisch.

»Frauen, die in Miniröcken gut aussehen, haben immer einen kurzen Oberkörper und einen kurzen Hals«, sagte Valerie und strich mit ihrer Hand an ihrem Körper entlang. »Nicht, daß er eine gute Figur abgeben würde.«

»Gib uns etwas Tee, Dad.« Susan Farewell platzte in die Küche. »Ich verhungere. Das Essen in der Schule heute war scheußlich. Melanie Caldwell ist im Matheunterricht schlecht geworden, und sie haben sie früher nach Hause geschickt. Ich wette, es waren diese ekligen Fleischpasteten. Ich will Vegetarierin werden.«

»Nur über meine Leiche«, sagte Valerie und schob einen Teller mit Toast zu ihrer Tochter hinüber.

»Mich würdest du damit schon ein wenig

lächerlich machen, meinst du nicht«, gab Thomas zurück und reichte ihr die Johannisbeermarmelade.

»Das ist auch das einzige, wofür du dich interessierst«, sagte Susan. »Und was ist mit den armen Tieren? Miss Stackpole hat uns etwas darüber aus der Zeitung vorgelesen. Es ist grausam.«

»Vieles von dem, was man in der Zeitung liest, ist grausam«, sagte Valerie kühl. »Ich habe heute von sechsundzwanzig Leuten gelesen, die während einer Bambi-Vorstellung verbrannt sind. Und von einem armen Mädchen, daß beim Trampen vergewaltigt und erdrosselt wurde, in der Nähe von Thirsk, dort, wo deine Tante Janet wohnt. Was willst du denn dagegen unternehmen?«

»Bryony Growcott sagt, daß Blut an dem Geld klebt, von dem wir leben«, schniefte Susan.

»Ich hätte mir denken können, daß sie hinter all dem steckt«, sagte Valerie grimmig.

»Ich bin völlig fertig«, verkündete Judith Farewell und setzte sich zu ihnen an den Küchentisch. »Gib mir einen Toast. Gibt's Kuchen, Mum?« Sie war ein kräftiges, mürrisches Mädchen von siebzehn Jahren.

»Hier ist dein Tee. Du bekommst erst wieder Kuchen, wenn du auf siebzig Kilo herunter bist, ist das klar. Willst du denn gar nicht wissen, wie es William geht? Er ist doch dein Kind?«

»Wie könnte ich es vergessen. Laß mich doch wenigstens jetzt in Ruhe. Ich komme gerade aus der Schule, und um sechs muß ich schon wieder zu einer dieser verdammten Französischstunden bei Delphine.«

»Hör auf zu fluchen, Kind«, sagte Thomas. »Es regt deinen alten Vater auf.«

»Alt«, antwortete Judith bitter. »Ihr seht verdammt viel jünger aus als ich in letzter Zeit.«

»Jetzt weint er«, rief Valerie. »Susan, mein Schatz, geh nach oben und mach deine Hausaufgaben. Dann kannst du um acht mit uns essen und *Verabredung mit dem Tod* anschauen. Es ist der vorletzte Teil.«

»Was gibt es denn heute abend zu essen?« fragte Susan mißtrauisch. »Ich will Käse.«

»Um Himmels willen«, rief Valerie aus.

»Gib mir einen Kuß«, sagte Thomas. Susan setzte sich auf seinen Schoß und brach in Tränen aus.

»Hoppe, hoppe Reiter ...« Valerie versuchte,

das Jammern des Babys zu übertönen. »... wenn er fällt, dann schreit er.«

»Ist noch etwas von dem Brie da, Mama?« fragte Judith. »Ich bin froh, daß ich nicht mehr schwanger bin. Diese ganzen Ratschläge über gesunde Ernährung. Man konnte ja fast gar nichts mehr essen.«

»Fällt er in den Graben, fressen ihn die Raben. Du stillst jetzt erst William, bevor du noch etwas ißt.« Valerie setzte ihr William auf den Schoß. Eingeschnappt öffnete Judith die Bluse ihrer Schuluniform und rollte eine Brust heraus wie ein Käserad. An der riesigen braunen Brustwarze hing schon ein tränenförmiger Milchtropfen. Das Baby saugte sich an, und Judith zuckte zurück. Dann sank sie in sich zusammen und fixierte mit schwermütigem Blick die Tischdecke wie ein Matrose das Meer.

»Und wenn du fertig bist, pumpe unbedingt noch etwas Milch für ein halbes Fläschchen ab, bevor du zu Mrs. Thurkle gehst«, sagte Valerie. »Er braucht nämlich noch einmal Nachschub, bevor du wieder da bist.«

»Wann läßt du dir den Zopf abschneiden?« fragte Thomas und strich über Susans Haar. Sie hatte sich an seine Schulter gekuschelt und lutschte an ihrem Daumen.

»Nie«, antwortete sie undeutlich. Susans Haare waren sehr kurz geschnitten bis auf eine Strähne unten im Nacken, die zu einem dünnen, zehn Zentimeter langen Zopf geflochten war. »Alle in meiner Klasse haben versucht, sich einen wachsen zu lassen, aber meiner ist der schönste.«

Chouette räkelte sich mit ausgestrecktem Körper vor dem künstlichen Kamin in Delphine Thurkles stickigem Wohnzimmer, ihr Rücken spannte sich dabei wie einer der wespentaillierten Stiertänzer von Knossos. Ihre schmalen Pfoten waren so weich wie die von Kaninchen mit durchsichtigen, federkielartigen Krallen, jede einzelne eingehüllt in ein samtiges Bett. Sie streckte sich, und alle vier Pfoten breiteten sich sternförmig aus. Als mürrisches Bündel saß Judith Farewell neben ihr, ein Berg auf einem Hocker, und ließ ihre linke Gesichtshälfte vom Feuer rösten.

»Fang schon einmal an zu lesen, Bryony.« Delphine saß in ihrem Sessel. »Und denk an diesen Vokal, mit dem du solche Schwierigkeiten hast, schiebe deine Lippen zu einem kleinen Kreis und sag eeeee.«

»*Sur les ormeaux du bord du chemin, tout*

couverts de poussière blanche«, las Bryony. »Oh, Gott, das ist so langweilig, Delphine, müssen wir denn unbedingt Daudet lesen?«

»Ich glaube nicht, daß Daudet langweilig ist«, flötete Delphine. »Wie findest du ihn, Judith? Aber wir können auch jederzeit Maupassant lesen, wenn es dir lieber ist.«

»Nicht dieses sexististische Schwein«, sagte Bryony.

»Daudet geht«, knurrte Judith.

Chouette richtete sich auf und kratzte ihren Nacken mit rasanter Wildheit, verzückt und hingegeben in die Bewegung. Ihr Fell legte sich in zottelige Büschel wie eine schon vertrocknende, bronzefarbene chinesische Chrysantheme. Dann begann sie, sich zu säubern, streckte ein steifes Hinterbein steil nach oben aus und bearbeitete mit kleinen Stößen und Bissen ihr Hinterteil.

»Wie kommt sie mit dem vegetarischen Katzenfutter zurecht?« fragte Bryony.

»Ich habe alles versucht, aber sie hat es stehen lassen, sie hat es noch nicht einmal versucht«, gestand Delphine schuldbewußt. »Sie mag eben ihr normales Rinder- und Nieren-Whiskas.«

»Sie würde sich schon ändern, wenn du nur

wolltest«, sagte Bryony verächtlich. »Du mußt nur etwas mehr Geduld aufbringen. Tiere zu Haustieren zu degradieren ist schlimm genug, aber sie mit dem Fleisch anderer Tiere zu füttern ist widerlich.«

»Ich liebe Chouette«, sagte Delphine. »Komm her, Miez, Miez.« Die Katze maunzte, bevor sie auf ihren Schoß sprang und anfing, an einem Stück Strickjacke in ihrer Ellenbeuge zu kneten und zu saugen.

»Baby«, schnurrte Delphine.

»Dein Problem ist«, erklärte Bryony, »daß du sie als Kindersatz nimmst.«

»Das mag schon sein«, entgegnete Delphine. »Aber ich liebe meine Katze, und sie macht mich glücklich, wir helfen uns gegenseitig und schaden niemandem.« Sie gähnte, zeigte dabei eine beeindruckende Reihe von Zahnfüllungen, beugte sich vor und drehte die Heizung einige Grad niedriger.

»Gibst du mir die Kekse herüber?« Judith schlürfte die letzten Tropfen ihrer heißen Schokolade. Delphine griff erst selbst noch einmal zu und reichte dann die Schachtel hinüber. Daß sie Marsriegeln und Kinderbrei den Vorzug gab gegenüber allem, was auch nur im entferntesten sauer, seltsam oder fremdartig war, löste tiefe Verachtung bei George Thurkle aus. Er ließ sie nicht in die Nähe der Küche. Sie mußte ihre Dosenravioli und Ovomaltine auf einem Kocher hinter einem Wandschirm in ihrem kleinen Wohnzimmer aufwärmen. Einmal, noch ziemlich zu Beginn ihrer Ehe, hatte er ihr ein Glas Himbeersaft und ein Glas Chablis vorgesetzt, und sie gefragt, welches ihr lieber sei. Wie höhnisch, aber mit welchem offensichtlichen Entzücken er gelacht hatte, als sie sich für das süße, violette Getränk entschieden hatte! Das kränkte sie schon lange nicht mehr, denn den Stolz, den sie einmal besessen haben mochte, hatte sie verloren. Nun konzentrierte sie sich auf Verzicht, Verzeihen und eine ausgiebige reinigende Beichte alle zehn Tage.

Die Katze schnurrte wie ein Rasenmäher auf Delphines Schoß, schob ihren Kopf nach vorn, verzog ihr Gesicht zu einer haifischhaften Grimasse, weltgewandt, selbstgefällig und voller Entzücken. Vom gleichmäßigen Dreieck ihres Kopfes liefen gewürzfarbene Streifen wie Indianerbemalung zentral auf ihre blaßrosa Nase zu, deren Form an einen halben Skarabäus erinnerte. Dann senkten sich die milchigen dritten Augenlider und hinterließen einen Ausdruck rätselhafter Blindheit.

3

»Quer über Thomas Farewells großes Schaufenster«, sagte der alte Mr. Greenidge, dessen Bestattungsunternehmen ein Stück weiter unten auf derselben Straßenseite lag, »mit einer dieser Sprühdosen.«

»Was glauben Sie denn, wer es gewesen sein könnte, Constable?« fragte Roger Saddington hinterhältig, wobei er die Schaumkrone auf seinem Bier in Richtung von Mr. Greenidges Ärmel blies.

»Ich stelle außerhalb der Dienstzeit keine Vermutungen an«, entgegnete Guy Springall, der es jedesmal bereute, im *Blue Boar* vorbeigeschaut zu haben, aber auch nicht wußte, was er an einem Sonntagabend sonst hätte tun sollen. Abgesehen davon hatte er einen bestimmten Verdacht, wer vor zwei Monaten »Schweine« und »Dreck« an die Tür der Polizeiwache gesprüht hatte, und er hielt seinen Gesprächspartner für reichlich unverschämt.

»Ich glaube, daß Sie es in Wirklichkeit wissen, oder?« sagte Roger und schlürfte geräuschvoll sein Bier. »›Fleisch ist Mord.‹ Da kann ich nur lachen! Dann nehmen Sie mich wohl besser fest und auch meinen kriminellen Komplizen hier, wenn sie schon gerade dabei sind. Er wird Farmer wie sein Vater, oder etwa nicht, Peter, alter Junge.«

»Wenn man vom Teufel spricht...«, rief Peter Talbot und rückte so weit wie möglich von Roger ab, ohne daß es zu offensichtlich wurde.

Thomas Farewell ging zur Bar und bestellte sich ein Bier. Er sah sich um und, wie oft in diesen Tagen, fragte er sich, welcher dieser Männer ihn so früh hatte Großvater werden lassen.

»Hast du schon die Farbe von deinem Schaufenster abgekratzt?« lachte Roger. Thomas starrte ihn unbeweglich an.

»Wenn du nach Hause kommst, sag deiner Mutter, daß die Cumberlandwürste, die sie bestellt hat, eingetroffen sind.« Rogers Blick verfinsterte sich, er brummte etwas, blickte düster drein und sank dann in sich zusammen.

»Ich wollte dich immer schon einmal fragen«, legte Mr. Greenidge los, »wann kann man eigentlich ohne Bedenken wieder normales Fleisch essen? Meine Frau weigert sich, außer Huhn noch etwas zu kaufen, nach all dem, was so in der Zeitung steht.«

Thomas fing George Talbots Blick auf und räusperte sich.

»Wo wir gerade vom Rinderwahnsinn sprechen«, murmelte Roger, »wir wissen doch alle, wer's war, es war die Tochter vom Doktor, die mit den Beinen, sie redet doch die ganze Zeit von Vegetariern.«

»Das reicht«, sagte Constable Springall, der sich kein bißchen mehr amüsierte. Er hatte gehofft, einen Blick auf Bryonys knappe Shorts beim Joggen zu erhaschen – nach solchen Lichtblicken hielt er ständig die Augen offen, und sie verschlugen ihm den Atem, wenn er sie tatsächlich zu Gesicht bekam.

»Eine wenig bekannte Tatsache ist«, sagte Mr. Greenidge, »daß Vegetarier den Sepoyaufstand in Indien ausgelöst haben.«

»Daran erinnern Sie sich wohl noch, nehme ich an«, sagte Roger.

»Wir teilten neue patronengefüllte Gewehre aus«, fuhr Mr. Greenidge fort, ohne ihn zu beachten, »und die Einheimischen erklärten, daß es gegen ihre Religion verstoße, tierisches Fett zu essen. Sie sollten nämlich vor dem Laden die Köpfe der Patronen abbeißen, und die waren eingefettet, versteht ihr. Aber wir haben nichts darum gegeben, und ehe wir uns versahen, gab es die Hölle von Kalkutta und Gott weiß, was noch alles.«

»Hitler war Vegetarier«, sagte Peter Talbot.

»Das ist gelogen«, rief Roger wütend.

»Noch bevor die Menschen Bauern wurden, waren sie Jäger und Sammler«, stellte Peter Talbot fest. »Es hieß fressen oder gefressen werden. Das Gesetz der Wildnis.« Er zeigte seinen Zuhörern pro forma die Zähne.

»Wo wir gerade von der Wildnis sprechen«, warf Mr. Greenidge ein, »zwei Kinder aus der Schule in Woodruff waren am Freitag drüben im Shorter Wald, dort unten an den Eisenbahngleisen. Sie haben zwei Plastikmüllsäcke gefunden, und als sie sie öffneten, lagen Knochen drin.«

»Da war jemand wohl 'n bißchen faul«, sagte Roger. »Schlimm, schlimm. Ich muß mal ein Wörtchen mit den Jungs reden.«

»Keine Menschenknochen jedoch, wie sich herausstellte.« In Mr. Greenidge Stimme schwang Enttäuschung.

»Hallo, Doktor«, rief Roger, »wir sprachen gerade vom Rinderwahn.«

»Ein Bier, vom besten«, bestellte Growcott. »Ja, tatsächlich? Und ein Sandwich mit Tomaten und Käse, bitte.«

»Sind Sie jetzt auch noch Vegetarier geworden?« fragte Roger.

»Ich habe nur keine Lust, ein unnötiges Risiko einzugehen«, antwortete Growcott. »Wir beide, Roger, wissen doch genau, was alles in diesen Fleischpasteten für die Mikrowelle verarbeitet sind. Schnauzen und Lippen und Euter und After und all die Restchen, die Mr. Farewell hier nicht mehr über den Ladentisch schieben kann. Und dann noch das Blutplasma, das wir auf der Unfallstation immer für die Versorgung der Notfälle gebraucht haben, das kann heutzutage jeder kaufen, um irgendwelche Fleischreste zu einem Stück Steak zusammenzuflicken.«

»Na und?« warf Roger beherzt dazwischen.

»Sie sind mutiger als ich. Beim Ganges.«

»Ich habe gerade ein paar von diesen Pasteten gegessen«, sagte Mr. Greenidge.

»Was weg ist, ist weg.« Growcott lächelte schelmisch.

»Oh, bevor ich es vergesse, George Thurkle hat mich gebeten, Sie zu fragen, ob Sie noch Buchenholzspäne haben. Er braucht sie für sein

Räucherhaus, wissen Sie, für die Schinken. Zum selben Preis, sagte er.«

»Das weiß ich noch nicht«, sagte Mr. Greenidge. »Buche ist so teuer geworden im letzten Jahr, gute Qualität ist Buche natürlich, aber wenn es so weitergeht, werden die wertvolleren Hölzer glatt vom Markt verdrängt. Sagen Sie ihm, daß ich nächste Woche einmal bei ihm vorbeischaue, mal sehen, was sich da machen läßt.«

»Sie taumeln durch den ganzen Stall«, beharrte Roger. »Sie sind im Wahn. Sie werden verrückt, ihr Hirn wird wie ein Schwamm. Dann brechen sie zusammen. Es gibt keine Rettung. Wie bei Aids.«

»Man weiß nie, Roger, du selbst könntest schon jetzt mit dem Virus infiziert sein«, sagte Growcott mit etwas wie Koketterie in der Stimme.

»Sie haben gute Laune, heute abend, nicht wahr, Doc«, sagte Roger beleidigt. Er war ein stiller Hypochonder und wußte, wie sehr selbst eine witzige Bemerkung wie diese ihn beunruhigen würde.

Nach drei Bieren im *Blue Boar* kehrte Felix Growcott nach Hause in sein Arbeitszimmer zurück, um ein paar Stunden zu studieren. Dabei hielt er stets Ausschau nach kleinen Episoden, die George belustigen würden. Morgen trafen sie sich wieder in Thurkles Küche wie jeden zweiten Montag zu ihrem Gourmet-Abend. Er schrieb einen Spruch von Cobbett ab: »Eine Sau geschickt zu schlachten ist solch ein schwieriges Unterfangen, daß es sich lohnt, einen Shilling für das Schlachten zu zahlen, anstatt selbst zu bohren und zu hacken und den Rumpf herumzuzerren.« Ob Roger Saddington Joy rücksichtsvoll schlachten würde oder nicht, war sicher ein strittiger Punkt. Auf jeden Fall erledigte er seine Arbeit eine Spur zu enthusiastisch, soviel stand fest.

Er hörte, wie die Haustür aufgeschlossen wurde und dann Schritte auf der Treppe.

»Bryony«, rief er.

»Was gibt's?« schrie sie zurück.

»Komm her, ich will mit dir sprechen.«

»Worüber?« fragte sie und lehnte sich gegen den Türrahmen, blaß, hoch aufgeschossen, ernst; und als sie sprach, bemerkte er, wie sehr ihre regelmäßig hervorstehenden Zähne, die auffallend gezackt waren, seinen eigenen glichen. Genau richtig, um Artischockenfleisch von den Blattenden zu kratzen, wie er früher immer gewitzelt hatte. Doch das war jetzt vorbei. In der letzten Zeit genügte allein ihr Blick, um die Milch sauer werden zu lassen, wie man so sagte.

»Über deine Karriere als Graffiti-Künstlerin.«

Sie antwortete nicht. »Paß bloß auf«, fuhr er fort. »Ich weiß, daß du es darauf abgesehen hast, als Märtyrerin zu enden. Aber den Graffiti-Sprüchen fehlt die erforderliche Würde.«

»Noch etwas?«

»Wenn es nach dir ginge, wären wir alle Asketen. Du möchtest am liebsten, daß wir uns von anorganischen Stoffen ernähren wie Pflanzen, so daß wir von Wasser und Luft leben könnten wie du. Wenn du nicht bald ein paar Kilo zunimmst, werde ich dich irgendwo zwangsernähren lassen.«

»Ist das alles?« sagte sie.

»Die selige Bryony«, rief er wutentbrannt. »Sie breitet ihre Hände aus und statt Stigmata, sehet her, Stomata!«

»Ich gehe noch einmal raus.«

»Ich hätte dich nie zu dieser Freundin von dir in Camden fahren lassen sollen. Du warst nur eine Woche dort, aber dein Kopf war vollgestopft mit Schwachsinn, als du zurückkamst. Wohin gehst du?«

»Fernsehen bei Delphine.«

»Wie konstruktiv. Ich hätte mir denken können, daß du nicht mit einem Jungen verabredet bist.«

»Ich habe deine schlüpfrigen Bemerkungen langsam satt«, sagte sie und warf die Haustür hinter sich ins Schloß.

Thurkle zeigte Growcott ein Sieb mit farbenprächtigen, nach Krabben duftenden Seeanemonen, die er unter großen Schwierigkeiten erstanden hatte.

»Das reicht genau für *Beignets de pastèques* als Vorspeise für zwei Personen«, sagte er triumphierend und hielt sie nacheinander unter fließendes Wasser, wobei er seinen Daumen durch die Mitte beider Blumen schob, so daß er zwischen den Tentakeln hindurchtrat.

»Außerordentlich primitive Lebewesen«, stellte Dr. Growcott fest. »Dort, wo du deinen Daumen duchschiebst, befindet sich zugleich der Mund und der Anus.«

»Würdest du sie mit dem Küchentuch abtupfen, während ich den Frittierteig zubereite«, sagte Thurkle.

Bald darauf knabberten sie an den steifen, heißen, salzigen Päckchen.

»Beim letzten Mal habe ich sie in einem Omelett serviert, aber sie sahen zermatscht aus«, erklärte Thurkle. »So, der nächste Gang. Du bist dran.«

»Lammnierchen«, sagte Growcott, »frisch wie Gänseblumen, noch tief in ihrem Fettmantel vergraben. Ich dachte, ich mache sie trifolati, es sei denn, du hast etwas dagegen.« Er begann, das Fett abzuschnipseln und die Häutchen abzuziehen.

»Ah, dieser beißende Geruch der Harnsäure. Sie sehen ganz anständig aus, die kleinen Dinger, findest du nicht auch.« Er hielt eine in die Luft und drückte sie zwischen Daumen und Zeigefinger zusammen. »Eigentlich bestehen sie aus dem waffelartigen Gewebe winziger tubulärer Nephrone.«

»Kennst du den von dem Iren, der seinen Freund bittet, eine Flasche Whisky über seinem Grab auszugießen, wenn er einmal unter der Erde ist?«

»Ja, kenne ich. Meinst du, Paddy könnte uns noch einen Pfau besorgen, wenn ich ihm genug dafür verspreche? Diese Filets waren etwas ganz Besonderes.«

»Keine Chance. Schon beim *letzten* Mal haben sie ihn beinahe erwischt. Und seit der Zeit haben sie im Postford-Haus bewaffnete Wärter aufgestellt.«

»Dann wird es Zeit, daß wir selbst mal wieder auf eine kleine Jagdtour gehen«, sagte Growcott. »Ich habe gehört, daß sie in dem Privatzoo in der Nähe von Stokeridge jetzt auch Straußenvögel halten.«

»Klar, ich dreh' das kleine Ding für dich, aber stört's dich, wenn ich erst mal was durch meine Nieren laufen lasse«, sagte Thurkle bockig. Er holte ein Hühnchen aus der Speisekammer und drückte einen Zitronenschnitz in die hintere gesalzene Öffnung des Geflügels.

Growcott kicherte und sagte: »Zitroneneingang, mein lieber Watson. Die Sache mit dir, George, ist, daß ich all deine Witze schon hundertmal gehört habe, von hundert anderen Leuten, meist in der Gesamtschule.«

»Gesamtschule!« höhnte George.

»Sag nichts. Die besten Chefköche waren heutzutage auf einem angesehenen Gymnasium. Das ist dein Problem, George. Die Gesamtschule Stokeridge macht eben einfach nichts her.«

Den Rest des Essens verbrachten sie mit Gesprächen über Farcen und Füllungen und spülten es jeder mit einer Flasche Wein herunter. Thurkle behauptete, einen Maître zu kennen, der Geflügel nur mit cognacgetränktem Küchengarn dressierte. Growcott wollte wissen, ob er je versucht habe, die ungelegten Eier eines jungen Huhns einem Ragout beizugeben, denn er behauptete, einmal in Padua eine Lasagne mit einer Sauce von genau dieser goldtröpfchenhaften Konsistenz verspeist zu haben. Thurkle beschrieb, wie er einmal in Senlis ein Wildschwein gesäubert und gefüllt habe, ohne es vorher auszunehmen; sie hatten unterhalb der Schulter ein Loch ausgehöhlt, es kräftig mit Wein ausgespült und es dann durch den Mund gefüllt. Growcott nannte ihn einen Lügner. Thurkle pries in vollen Tönen gestreiften Frischling in Kirschsauce.

Growcott rezitierte mit getragener Stimme, »der greulich blutige, räuberische Eber«, verstummte, und fuhr mit betrunkener Stimme fort: »Wie geht es nur weiter? Irgend etwas, irgend etwas, etwas über zerwühlte Weinberge, warmes Blut saufen wie Spülicht und sich zum Trog ausweidet – ich glaube, irgendwelche Leiber.«

»Was ist mit Leibern?« fragte Thurkle.

»Leiber? Ich rede nicht von Leibern, ich zitiere Shakespeare, du Ignorant, zum Thema Wildschweine.«

»Gute Kämpfer sind sie«, gab Thurkle zu bedenken und starrte in sein Weinglas, als ob er sein eigenes Spiegelbild betrachtete.

Die Klinge blitzte mit der Regelmäßigkeit eines Uhrwerks. Früher oder später hatte es soweit kommen müssen, dachte Thurkle. Dieses Mal würde sie jedenfalls nicht herumlungern und sich mit einer ausgesuchten Innerei davonmachen. Eine seiner seltenen, aber gewitterartigen Wutanfälle hatte sich in geradezu übermenschlicher Raserei entladen, so daß er den marmornen Mörser gepackt und ihn mit inspirierter Genauigkeit niedergeschwungen hatte – der Schädel wurde auf Anhieb gespalten. Mit seinem Lieblingsmesser, einem zu einer dünnen Silberscheibe geschliffenen Sabatier, trennte er das Fleisch vom Rückgrat ab, einschließlich der Filetstücke unterhalb der Rippen, dann löste er den Beckenknochen aus, indem er die Sehnen durchschnitt, die die Beine mit dem Rumpf verbanden. Merkwürdig, wie dieses kleine Wesen, das immer mit gerundetem Rücken dagesessen hatte, fest wie ein Apfel, sich nun zu einer solchen Länge auseinanderziehen ließ, ähnlich wie ein enthäutetes Kaninchen, sogar fast so lang wie ein Hase. Er würde sein Rezept für Kaninchenpastete verwenden, zusätzlich Brandy und *Quatre épices* hinzufügen, um jeglichen ungewohnten Beigeschmack zu überdecken.

Delphine würde sich wahnsinnige Sorgen machen, sobald sie sie vermißte. Er kniff die Augen zusammen und schnitt die Zunge heraus. Sie war kaum größer als das Blütenblatt einer Rose, mit einem kleinen Fleck scharfer, rückwärts gerichteter Stacheln an der Zungenspitze, rauh wie Reibeisen und so trocken wie ein Stück Klettverschluß. Für einen gewagten Moment erwog er, sie zu kandieren.

»Aber sie ist noch nie am Abend draußen geblieben.« Delphine saß halb ausgezogen, mit verheultem Gesicht und geschwollenen Augen auf der Bettkante.

»Einmal ist immer das erste Mal«, sagte George und zog sich hastig aus. Er beäugte sie wie eine Krähe das Aas.

»Bleibst du heute nacht bei mir, George?« fragte Delphine perplex. Zusammen geschlafen hatten sie seit eineinhalb Jahren nicht mehr. Ihr war es recht, denn sie verabscheute

Sex. In ihrer dunklen Vergangenheit, als sie noch ein Teenager war, hatte sie ihren Lebensunterhalt auf dem Oudezigjs Achterburgwal in Amsterdams Rosse Buurt verdient, halbnackt in einem Fenster lehnend, und hatte mit den anderen Mädchen um das Geld solcher Schaufensterbummler wie George Thurkle gebuhlt. In der oberen Etage hatte es rote Glühbirnen gegeben, wegen der Symbolik, unten in den Toilettenräumen blaue, um es denen zu erschweren, die versuchten, sich Nadeln in ihre Venen zu stechen. Das Ehepaar haßte sich, obwohl nur George das vor sich zugeben konnte.

»Beeil dich!« Er stand dicht neben ihr, nackt, behaart und anschwellend.

»Aber heute abend bin ich so aufgebracht«, sagte sie und putzte vor Überraschung ihre Nase, wobei neue Tränen aus ihren erdbeerfarbenen Augen quollen.

»Über der Stuhllehne«, sagte George, der sich abergläubisch weigerte, ihr sein Gesicht zu zeigen, wenn es sich dabei auflöste.

»Deine Hände!« quietschte sie. Er blickte auf sie herab; sie waren bis zu den Handgelenken zinnoberrot überzogen, die Nagelhaut rostrot eingefärbt.

»Laß nur meine Hände.« Er war furchtbar erregt. Mit Sicherheit erreichte er zum ersten Mal seit mehreren Jahren eine Ejakulation, mit einer rhythmischen Kontraktion der Samenleiter spritzte das Sperma in einer peristaltischen Woge von den Hoden in die Harnröhre des Penis. Die sexuelle Erregung der Frau resultiert aus einer Peristaltik in der umgekehrten Richtung; diese trat hier jedoch nicht ein, da Delphine vollkommen passiv blieb und angestrengt überlegte, wo ihre Katze abgeblieben sein mochte.

4

Die Schlange vor Thomas Farewells Geschäft zog sich einige Läden weiter, wie jedes Jahr eine Woche vor Weihnachten. An ihrem hinteren Ende hatte sich eine Gruppe von vier schwätzenden Frauen gebildet – die Frau des Leichenbestatterts, Mrs. Greenidge, und ihre Schwiegertochter Denise, Denises Nachbarin Gail sowie Rogers Mutter, die alte Mrs. Saddington.

»Offensichtlich haben sie diesen Sexualverbrecher aus Thirsk festgenommen«, sagte Mrs. Greenidge.

»Mörder«, verbesserte sie Denise. »Er hat sie danach erdrosselt.«

»Furchtbar, einfach furchtbar.« Gail schüttelte sich.

»Man sollte sie kastrieren«, sagte Mrs. Saddington, »wenn man sie schon nicht aufhängt.«

»Natürlich nur unter Vollnarkose«, räumte

Mrs. Greenidge hastig ein, denn sie fürchtete die Knute von Denises liberalen Ansichten, gerade an Weihnachten.

»Nehmen Sie dieses Jahr *frisches* Geflügel?« fragte Denise Gail interessiert.

»Darüber habe ich mir noch gar keine Gedanken gemacht«, antwortete Gail. »Ich nehme an, er will wieder Truthahn essen, das wollte er zumindest letztes Jahr. Das ist erst unser zweites gemeinsames Weihnachten«, fügte sie im Interesse der älteren Frauen entschuldigend hinzu.

»Letztes Jahr gab es bei Ihnen Selbstfettendes, soweit ich mich erinnere«, sagte Denise.

»Was um Himmels willen ist denn das?« fragte Mrs. Saddington.

»Sie spritzen dem Geflügel Fett unter die Haut«, erklärte Denise, »so daß während des Bratens alles nach außen treten kann.«

»Nicht, daß wir überhaupt noch gebratenes Fleisch essen sollten heutzutage«, warf Mrs. Greenidge ein. »Stimmt es nicht, Denise? Hast du nicht gelesen, daß Braten krebserregend ist?«

»Nitrite«, sagte Denise unheilvoll.

»Wenn ich allein wäre, würde ich diese Junghühnerschnitzel nehmen«, sagte Gail.

»Keine Knochen und nur *sehr* wenig Kalorien.«

»Aber Erdnüsse darf man wieder essen«, fuhr Denise fort, »ihre Linolsäure ist gut für die Arterien.«

»Alles hat zwei Seiten«, sagte Gail.

Die Schlange war nach vorne gerückt, und sie standen nun vor dem Schaufenster. Durch die Scheibe sahen sie Thomas Farewell mit einem großen Strohhut auf dem Kopf, der gerade tiefe Furchen in ein Stück Schweinbauch ritzte.

»Genau deshalb kaufe ich hier ein«, sagte Mrs. Saddington. »Er gibt sich noch Mühe. Er ist sich nicht zu schade, einem Innereien für die Katzen zu verkaufen. Die meisten von denen rümpfen doch inzwischen verächtlich die Nase, wenn man nicht gerade Beefsteak kauft.«

Gail verzog ihr Gesicht beim Anblick des ausgestellten Halbrunds aus Kotelettstücken, die in rosaroter Schlachterfrische leuchteten.

»Ich muß gestehen«, sagte sie, »ein Supermarkt ist mir lieber, weil er hygienischer ist. Sehen Sie sich nur dieses Kaninchen an, wie es da hängt, es ist ekelerregend, das Blut tropft ihm aus der Nase.«

»Fleisch aus dem Supermarkt taugt nichts«, sagte Mrs. Saddington majestätisch. »Glauben Sie, daß es dort noch richtigen Schinken gibt? Das ist kein Schinken mehr. Das sind scheußlich wäßrige Scheiben aus wieder zusammengeflicktem Schweinefleisch. Thomas Farewell verkauft immerhin den Schinken noch am Knochen.«

»Das hat seinen Preis«, sagte Mrs. Greenidge.

»Das moderne Fleisch ist ein Skandal«, sagte Mrs. Saddington. »Kein Fett, deshalb ist es zäh wie Schuhleder. Fleisch muß von Fett durchzogen sein. Das nenne ich selbstfettend.«

»Da bin ich anderer Meinung«, warf Denise ein. »Mageres Fleisch ist gesund. Wir essen alle zu viel Fett.«

»Sagen Sie doch selbst«, sagte Mrs. Saddington. »Niemand weiß mehr, wie man richtig kochen soll.«

Sie standen jetzt im Laden. Auf der linken Seite waren die Eier von Thomas Farewells eigenen Hennen in Kartons an der Wand gestapelt. Er hielt eine Schar Zwerghühner, in seinem Hintergarten. Es war Susan Farewells Aufgabe, die Hennen zu füttern, ihre Eier einzusammeln und auf jeder Schale vorsichtig mit

Bleistift das Datum zu vermerken. Denn sie war es auch, die ihn mit Miss Stackpoles herzzerreißenden Geschichten von Legebatterien malträtiert hatte: von den eng eingepferchten schnabellosen Vögeln, der Schlachthalle, wo man den Tieren mit rotierenden Klingen den Hals durchschnitt, vom effizienten vampirähnlichen Ausblutungstunnel. Er traute dieser Frau sogar zu, einen Schulausflug dorthin zu organisieren. Vor zwanzig Jahren war er in seines Vaters Fußstapfen getreten, hatte die Schule verlassen und im Laden angefangen. Damals hatte ihm das alles überhaupt nicht ausgemacht, er konnte gut davon leben. Doch in den mittleren Jahren kamen ihm Bedenken.

»Ein paar schöne Lammkoteletts«, zischte die alte Mrs. Saddington so bösartig, daß er sich hinter seiner eigenen Theke bedroht fühlte.

An dem Tag, als die Weihnachtsferien begannen, war Susan Farewell auf dem Heimweg Bryony Growcott zuerst einen Kilometer gefolgt, bevor sie genügend Mut hatte, sie aufzuhalten und ihr das Weihnachtsgeschenk zu überreichen. Bryony schien sich sogar darüber zu freuen. Es war ein Buch über die Sprache der Pflanzen und Blumen mit dem Titel *Grüne*

Gedanken. Susan lachte und schwatzte erleichtert daher, als Bryony darin blätterte.

»Ich wünschte, ich würde Bryony heißen«, sagte Susan, »oder Viola oder irgendeinen anderen interessanten Namen haben. Dein Name steht auch drin, Bryony.«

Bryony schlug unter B nach und las, daß es sich bei der Pflanze, nach der sie benannt war, um die berühmte Alraune handelte, deren Wurzel Frauen dazu verhalf, schwanger zu werden, wenn man aus ihr ein Baby schnitzte; und daß die Alraune im Dialekt von Dorset »Todesurteil« genannt wurde, wegen ihrer extrem giftigen Beeren. Sie schlug das Buch zu und bedankte sich.

»Ich habe es extra für dich ausgesucht«, sagte Susan voller Bewunderung.

Einige Zeit später, in der Mitternachtsmesse von St. Lawrence, stand Susan Farewell zwischen ihren Eltern. Sie lehnte sich erschöpft an ihren Vater und kaute mit vorstehenden Schneidezähnen auf ihrem Zöpfchen herum. Seine Stimme dröhnte »Kommet ihr Hirten«, sie mußte kichern. »Fürchtet euch nicht, sprach er, denn große Furcht hatte sie erfaßt.«

Während der Predigt saß sie und starrte auf

das mittelalterliche Wandgemälde, das vom Chorgewölbe bis hoch zu den Deckenbalken reichte. Es war aus dem vierzehnten Jahrhundert und stellte das Jüngste Gericht dar. Man hatte es kürzlich unter einer Kalkschicht aus der Cromwell-Ära entdeckt und gerettet. Die Dorfkinder konnten ihre Augen nicht von den überwältigenden Grausamkeiten abwenden, und während ihre Eltern sich dem Vikar auf der Kanzel zuwandten, starrten sie nach oben. Am obereren Rand war ein schmaler langweiliger Streifen Paradies abgebildet, auf dem nicht besonders viel los war. Die verbleibende Fläche aber war den Qualen der Hölle gewidmet. Kleine, nackte menschliche Gestalten ließen mit vor Geheul verzerrten Mündern die verschiedenen Stadien von Häutung bis zur Zerstückelung über sich ergehen. Ihre Folterknechte, fröhliche Dämonen mit reptilienartigen Flügeln, Fangzähnen, Ziegenbockhörnern und riesigen geierartigen Klauen als Füße hantierten mit ungeheuerem Einfallsreichtum mit Beilen, Kneifzangen, Spießen und langen Stäben, an denen spitze Dornen oder Haken befestigt waren. Zumindest – darin waren sich die Eltern einig – hielt es die Kinder ruhig.

Der Vikar dehnte die Predigt fast bis zwei

Uhr in der Nacht aus und strafte sie genüßlich dafür, daß sie den Rest des Jahres der Kirche fern blieben, wie Susans Mutter nachher gereizt feststellte. Judith hatte schon mehrere Stunden laut geschnarcht, als sie zurückkehrten. Sie lag im Bett neben der Wiege, in der William eingerollt an seinem winzigen Daumen lutschte.

»Es ist komisch, so einen richtigen Baum im Haus zu haben, findest du nicht, Dad«, bemerkte Susan, als sie ihm am nächsten Tag beim Tischdecken half. »Tapeten und Fernseher, alles ist so sicher und gemütlich, und dann kommt da dieser echte Baum von draußen dazu. Verstehst du, was ich meine?«

»Als ob man ein offenes Feuer neben seinem Sessel hätte«, sagte Thomas, »oder einen großen zotteligen Wolfshund, der die Treppe heruntergetrottet kommt. Ich weiß genau, was du meinst.«

Drüben in der Küche hatte Valerie Judith dazu verdonnert, die Köpfe eines großen Rosenkohlbergs kreuzweise einzuritzen. William kaute lustlos auf seiner Krabbeldecke herum.

»Du hättest sie blanchieren soll'n«, sagte Judith.

»Ich werde nie verstehen, aus welchem

Grund man Gemüse für nur dreißig Sekunden kochen soll«, gab Valerie zurück.

»Weil dadurch die Enzyme abgetötet werden«, sagte Judith, »dann hält es länger frisch. Schau dir dies hier an, es ist schon fast hinüber, wenn du es aber blanchiert hättest, wäre es noch in Ordnung.«

»Das denkst du dir einfach aus, um mich zu ärgern. Biologie im Abitur, also wirklich. Ich verstehe nicht, wieso du nicht etwas Sinnvolles wählen konntest, eine zweite Sprache, zum Beispiel.«

»Was du dir vor Augen halten mußt, ist, daß Obst und Gemüse bis zu dem Moment atmet, in dem man es ißt, wenn es vorher nicht gekocht wird. Sag das lieber nicht Susan, sonst verhungert sie noch.«

»Das ist nur so eine Phase«, entgegnete Valerie kurzangebunden. Susan hatte sich nun schon seit drei Wochen geweigert, gemeinsam mit der Familie zu essen. Sie hatte ein halbes Regal in der Speisekammer ausgeräumt und Gläser, gefüllt mit verschiedenfarbigen Hülsenfrüchten, einsortiert – silbrige Markerbsen, Linsen, jadegrüne Flageolettbohnen, Pintobohnen und Schwarzaugenbohnen – sowie ein Dutzend Dosen Makkaroni mit Käse.

In diesem Jahr gab es drei getrennte Weihnachtsgerichte bei den Farewells. Als erstes Susans Teller mit gefährlich harten Bohnen, denn sie hatte noch keine Erfahrung, sie (geschweige denn irgend etwas anderes) zuzubereiten. Dann war da Williams Hawaii-Schmaus, ein Fertigbrei aus Ananas und Reis, der ihm in seinem hohen Kinderstuhl von Judith zugeteilt wurde, wobei der Teelöffel ab und zu gegen die zwei kleinen silbrigen Eckzähne klapperte, die vor zehn Tagen in der Mitte des unteren Zahnfleischs gleichzeitig emporgekommen waren. Und schließlich gab es den Truthahn, umsichtig gebraten und zart, sperrig wie ein Paket in Packpapier, die Hälfte der Brust schon von Thomas' Tranchiermesser freigelegt.

Susan begann zu schniefen, als Judith den linken Hühnerschenkel abnagte.

»Oh, hör schon auf«, sagte Judith empört mit vollem Mund.

»Es ist ein toter Körper«, wimmerte Susan. »Es ist grausam.«

»Das war ein freilaufender Truthahn«, sagte Thomas.

»Wie kannst du nur Metzger sein, Dad?« weinte Susan. »Ich liebe dich.«

»Susan, wenn du dich nicht benimmst, muß du auf dein Zimmer gehen», mischte sich Valerie ein. »Du verdirbst uns das ganze Essen.«

»Nicht mehr weinen, Kind.« Thomas wischte mit seinem Taschentuch über Susans Gesicht. »Putz deine Nase und schenk uns ein Lächeln.«

Roger Saddington schmollte. Er haßte Weihnachten. Seine Mutter schimpfte den ganzen Tag mit ihm, sobald er sich die Nase putzte, rülpste (wie leise auch immer), selbst wenn er nur am Daumen lutschte, und sie ließ ihn nicht in sein Zimmer flüchten. Er sehnte sich nach seinen Harley-Davidson-Bildern in der letzten Ausgabe von *Walhalla,* die unter dem Teppich vor der Kommode versteckt war. Er hatte ihr noch immer nicht verziehen, daß sie ihn letzte Woche in die Badewanne gesetzt und ihn von oben bis unten abgeschrubbt hatte. In der Arbeit hatte er auf seine übliche Dusche verzichtet und war so nach Hause gekommen, blutrot bis zu den Ellbogen, aus seinen Haaren, selbst von seinen Wimpern war das Blut geperlt. Er hatte gehofft, damit den Kindern auf dem Schulweg einen ordentlichen Schrecken einzujagen.

»Ich zieh dir das Fell über die Ohren«, hatte sie ihn angekeift. »Geh auf der Stelle nach oben.« Wutentbrannt hatte sie seine Tätowierungen bearbeitet, den Sensenmann und den rosenbekränzten Schädel auf seinen borstigen Oberarmen. Ins *Blue Boar* zu gehen, hatte sie ihm bis zum ersten Weihnachtstag verboten. Seine Stimmung hob sich etwas beim Gedanken an eine Kneipe. Vielleicht würde er mit dem Motorrad etwas weiter aufs Land fahren, zum *Eagle and Child* oder sogar noch weiter, irgendwohin, wo man ihn nicht kannte. Er könnte die Schweinsaugen einpacken, die er in der Köderkiste unter seinem Bett versteckt hatte. Die Leute traten einen Schritt zurück, wenn man so einen Augapfel auf die Theke knallte. Man konnte ihre Gedanken förmlich lesen: Vor dem mußt du dich hüten.

»Sitz gerade«, befahl die alte Mrs. Saddington, als sie den Pudding, dekoriert mit einem Stechpalmenzweig aus Plastik, und die Vanillesoße von Bird's Eye hereintrug. »Die Queen hält die Weihnachtsansprache.« Mit einundsiebzig war Mrs. Saddington nicht unbedingt alt, sah aber älter aus, als sie war. Sie lachte nie. Roger war ihr einziges Kind, das sie überraschend und voll Entsetzen im Alter von dreiundvierzig Jahren geboren hatte. Er stand bei ihr unter eiserner Knute, wie man im Dorf sagte: Und so war es nur recht.

In der kleinen Wohnung über Barleys Polizeiwache befreite Guy Springall das gefrorene Hähnchen aus seiner Plastikhülle und versuchte, es mit einem Geschirrtuch trockenzutupfen. Seine Eltern drüben in Matlock hatten Mumps bekommen, und weil er mit zweiundzwanzig immer noch ledig und ungebunden war, hatte er sich freiwillig für den Weihnachtsdienst gemeldet. Vergeblich nach einem Bräter suchend und sich nicht darüber im klaren, daß die Innereien noch im ausgehöhlten Bauch des Tieres lagen, schaltete er den Backofen ein und ließ das nackte Tier auf einen Bratenrost rollen. Abgesehen von diesem Essen hatte er vorher nie etwas Aufwendigeres als ein Fertigmenü ausprobiert. Doch nachdem ihm seine Mutter am Telefon mit einem gebieterisch-leidvollen Keuchen abgesagt hatte, fühlte er sich verpflichtet, etwas Gescheites zu essen. Während er am Tisch saß, *Watership Down* las und wünschte, daß das Hähnchen bald gar sein würde, weil er am Verhungern war, saß der halb aufgetaute Vogel im Ofen und schwitzte saprophytische Bakterien aus. Nach einer dreiviertel Stunde beschloß er, daß es nun braun genug war, und stach hinein. An Gemüse hatte er nicht gedacht, deshalb aß er den größten Teil des Hähnchens so und saugte den salmonellendurchtränkten Bratensaft mit dem restlichen Brot auf. Dann legte er sich auf das Sofa in der Hoffnung, den Rest des Nachmittags mit angenehmen Träumen von Bryony Growcott totschlagen zu können.

Bryony saß in finsterem Schweigen da, denn ihr Vater war in bester, ausgelassenster Stimmung. George Thurkle schnitt die *Terrine de Lapin,* die sie als Vorspeise essen würden, in Scheiben, während Dr. Growcott in seiner Beschreibung fortfuhr, was danach alles mit ihr geschehen würde.

»Wie ihr wißt, hat der Magen starke Muskelwände, die das Essen durchkneten und es mit Speichel und Enzymen einschleimen.« Er fuhr fort: »Dann öffnet sich der Schließmuskel und schüttet den eingeschleimten Speisebrei in den Zwölffingerdarm aus.« Delphine blinzelte und lächelte höflich. Growcott nahm noch einen Schluck Chablis. Thurkle gab das Zeichen zum Start; mit einem selten liebevollen, katzenhaften Lächeln beobachtete er seine Frau, wie sie Paté auf ihren Toast strich und ihn in den Mund schob.

»Und dann natürlich, wenn es erst einmal im guten alten Zwölffingerdarm ist, hüpft euer *pauvre petit lapin* in die Blutbahn«, sagte Growcott. »Köstlich, George. Schmackhafter als sonst? Denn zu diesem Zeitpunkt ist er in winzig kleine Moleküle zerlegt worden, die wiederum in winzigkleinen Vertiefungen der Darmwände aufgelöst werden, den sogenannten Lieberkühnschen Krypten. Guter Name, nicht wahr? Klingt wie eine gotische Horrorgeschichte. Dann, schwups, in die Blutbahn, ab zur Leber, und bevor ihr euch verseht, ist euer niedliches Kaninchen ein Teil von *euch* geworden. Stimmt irgend etwas nicht, Bryony? Du bist so grün um die Nase.«

»Man ist, was man ißt.« Thurkle grinste. »Im Frühjahr bekomme ich ein schönes Lamm aus Nord Ronaldsay, das von Seetang ernährt wurde, und ich garantiere euch, daß ich kein Salz hinzufügen muß.«

Für den Hauptgang hatte Thurkle den Kopf seiner letzten Sau gekocht, eingesalzen, die Knochen ausgelöst, gewürzt und glasiert. Bis auf die Haut war er in der Mitte gespalten.

Augen, Ohren, Schnauze und der Knochen vom Hinterkopf waren entfernt und neue Augen aus Trockenpflaumen, neue Hauzähne aus Sellerie modelliert; zwischen den halbgeöffneten Kiefern steckte ein Cox-Orange-Apfel. Delphine schaute Bryony, die auf ihren Teller starrte, besorgt an.

»Mein lieber Mann!« krächzte Growcott. »Du hast es also doch getan. Und Maronen, und Spätzle noch dazu. Ich muß schon sagen, mir ist der Appetit auf den Truthahn gänzlich vergangen, seitdem ich gelesen habe, daß einmal ein wildgewordener Truthahn Boileaus Pimmel abzwackte, als er noch ein ganz kleiner Knirps war. Deshalb hat er auch so gemeine Sachen über Frauen geschrieben, wußtest du das?« fügte er hinzu und wendete sich mit gespielter Höflichkeit an Delphine.

»Hast du bei deinen Studien eigentlich etwas über *Menschenfleisch* herausgefunden?« nuschelte Thurkle.

»Soll wie Schweinefleisch schmecken, habe ich gehört«, antwortete Growcott nachdenklich. »Fast die gleiche Konsistenz. Da gibt es doch diese berühmte Stelle aus *Candide,* wo sich ein paar Türken in der belagerten Stadt von den Hinterbacken der christlichen Fürstin ernähren, die sie als Geisel genommen haben. Das kennst du bestimmt, Delphine. Die arme Dame beklagte sich später, wie unangenehm doch das Reiten geworden sei.«

»Wie haben sie sie zubereitet?« hakte Thurkle nach.

»Das wird nicht erwähnt.«

»Ich nehme an, als Cassoulet, meinst du nicht, mit mehr Bohnen als üblich. Oder zu Wurst verarbeitet.«

»Tatsächlich sollen die Oberarme das beste sein.«

Bryony erhob sich, warf ihr Glas um und verließ den Raum.

»Ein blutleeres Geschöpf, meine Tochter«, stellte Growcott fest. Delphine murmelte etwas und watschelte hinterher. Growcott griff nach einer neuen Flasche.

»Auf unsere abwesenden Freunde.« Growcott hob sein Glas.

»Ja, die abwesenden Freunde«, schnurrte Thurkle mit einem vielsagenden Blick auf die verspeiste Terrine.

5

»Was ist los mit Ihnen, Mrs. Saddington?« wollte Dr. Growcott wissen.

»Sie sind doch der Arzt, Doktor, sagen Sie es mir«, gab sie zurück. Er hätte ihr fast ins Gesicht gegähnt angesichts dieses müden Scherzes, den er im Verlauf seines Berufslebens wohl schon mehrere tausend Mal gehört hatte.

Das neue Jahr war mit seiner üblichen Rate an Weihnachtsunfällen, unidentifizierbaren Bazillen und allgemeiner Trägheit hereingehumpelt.

Guy Springall hatte mehrere Tage mit Lebensmittelvergiftung im Krankenhaus von Stokeridge gelegen, kurz darauf auch Susan Farewell. Growcott schwelgte für einen Moment wieder in dem Bild ihres kalkigen Gesichts, grünlich wie ein Aronstab, mit dem kleinen Zopf, der wie ein gelber Wurm neben ihrem Hals auf dem Kissen gelegen hatte.

Nach Mrs. Saddington und ihren geschwollenen Beinen war der letzte Patient für den heutigen Tag an der Reihe, Mr. Greenidge. Er hatte Pech genug, den Doktor in seiner größten Langeweile anzutreffen, die bei Growcott immer einen koboldhaften, beißenden Witz auslöste, scharf und verletzend.

»Wie geht es Ihren Därmen, Mr. Greenidge?« jubilierte er und ließ die Jalousien herunter. »Hat *es* heute schon geklappt?« Mr. Greenidge eigentliches Problem war der zu hohe Blutdruck, hervorgerufen durch Fettleibigkeit, eine Schachtel Zigaretten am Tag und keine Bewegung. Es war eine Zeitverschwendung, ihm das klar zu machen, deshalb entschloß sich Dr. Growcott, sich die Zeit mit Temperaturmessen zu vertreiben, und zwar auf die französische Art, *à derrière.*

»Hose runter«, lachte er ausgelassen und schüttelte das Thermometer.

»Muß das denn sein, Doktor?« rief Mr. Greenidge entsetzt.

»Die rektale Temperatur ist wesentlich genauer als die orale«, grinste Growcott. *Der* kommt so schnell nicht wieder, dachte er bei sich.

Mit eben dieser Methode jedoch hatte auch die Geschichte mit Delphine begonnen. Damals war sie noch nicht halb so dick gewesen, und als sie in seine Praxis gekommen war, besorgt um ihre Leber auf diese angenehm kontinentale Art, war er neugierig geworden, wie ihr *Derrière* wohl aussehen mochte. Eins hatte zum anderen geführt, aber alles in allem war es nach nur ein oder zwei Wochen vorbei gewesen. Beiden hatte es nichts bedeutet. Es war noch nicht einmal peinlich, sich danach wiederzusehen. Eigentlich ideal, die Neugier war gestillt, und der alte George blieb unbehelligt. Wenn doch diese alberne kleine Gans, mit er gerade verbandelt war, ebenso vernünftig wäre.

Sobald Mr. Greenidge schlurfend den Heimweg angetreten hatte, fuhr Growcott durch tropfnasse saftiggrüne Landschaft, bis er die Kreuzung mit der tropischen Reklametafel für das Coral-Reef-Freizeitzentrum erreichte. Nach diesem Tag brauchte er dringend eine Runde im Fitneßstudio. Als er von seiner Kleidung befreit war, fühlte er eine knisternd aggressive Spannung in sich. Er sah an seinen schlanken Beinen herunter auf die männlich behaarten Schienbeine, klopfte auf seine waschbrettharte Bauchmuskulatur und begutachtete seinen Bizeps, der sich bei der Kontraktion eiförmig wölbte. Er hüpfte in den Turnsaal und begann sogleich seine routinierten Aufwärmübungen, konzentrierte sich wie immer auf seine Kniebänder. Nichts war schlimmer als überdehnte Kniebänder.

Der Saal war voll. Alle vierzehn Trimm-dich-Räder waren besetzt, und die Längsseiten des Raumes waren feucht von Schweiß, verbrauchtem Atem und ansteckenden Keimen. In ihrer massigen geradlinien Aufstellung wirkten sie wie eine seltsam starre Kavallerie, ihre Fahrer starrten in die Ferne wie die apokalyptischen Reiter.

Growcott absolvierte eine Reihe belastender Liegestützen auf der Matte in der Mitte des Raumes und blieb danach in der Hocke, nach Luft schnappend, bis sich die roten Schleier vor seinen Augen gelichtet hatten. Drüben am *Super-Pullover* entdeckte er Roger Saddington, der mit entblößten Zähnen und zusammengekniffenen Augen seine Latissimi dorsi und seine hinteren Deltamuskeln zu neuen Leistungen trimmte. Sein Hemd war auf dem Rücken dunkel von Schweiß, der sich wie ein Kreuz von der unteren Wirbelsäule quer über die Schulterblätter zog. Ein Wunder, daß sich der Mann überhaupt bewegen konnte mit solchen Muskeln. Growcott begann an den Fitneßgeräten und konzentrierte sich auf seinen geliebten *Duo-Squat.* Sein Gesicht war dabei schmerzverzerrt. Während er vergleichsweise gemächlich am *Trizeps-Extender* trainierte, beobachtete er den alten Talbot, der sich in die Rudermaschine warf wie ein Galeerensklave. Sein Kopf war vor Anstrengung blau angelaufen, und Growcott kam eine Passage aus *Canard à la rouennaise* wieder in den Sinn, die er letzte Woche gelesen hatte: wie man die Ente so erdrosselt, daß man nach der Hälfte der Backzeit ihr Blut für den Fond auspressen kann.

Thurkle schob ein Ende des Zwölffingerdarms über den Wasserhahn und ließ kaltes Wasser durchlaufen, markierte defekte Stellen oder schnipste sie ab. Er bereitete die Füllung für Würste zu, und als er ungefähr neun Meter Darm beisammen hatte, reichte dies für die restlichen sechs Pfund Fleisch, die auf dem Küchentisch lagen. Mageres und fettes Fleisch wanderten zweimal durch den Fleischwolf, beim zweiten Durchgang gab er Muskat, Zitronenschale, Salbei und Majoran dazu. Dann nahm er ein großes Stück Fett, das er aufbewahrt hatte und hielt es grinsend gegen das Licht, bevor er es in erbsengroße Stücke zerhackte und zum frikassierten Fleisch gab.

Während er sich daranmachte, die vorbereitete Mischung in den Schlauch zu füllen, ein Vorgang, der auf einzigartige Weise umständliche und obszöne Schlüpfrigkeit verband, und einiges Herumstochern mit dem Stiel eines Kochlöffels erforderte, ging ihm wieder das Gespräch mit Thomas Farewell von heute morgen durch den Kopf. Farewell wurde offensichtlich mit zunehmender Häufigkeit von seinen Kunden nach der Herkunft und Qualität seines Fleisches befragt.

»Noch mehr Schweinefleisch?« Growcott erschien rosig glänzend und von seinem Trainingstriumph euphorisiert. »Du kannst auch nicht genug bekommen, George. Woher hast du es dieses Mal? Ich dachte, Joy und Pride seien längst dahin.«

»Wir befinden uns noch mitten in der Schlachtphase für Schweine«, verteidigte sich Thurkle. Er hatte nicht mit Besuch gerechnet. »Wurst kann man nie genug haben.«

»Das stimmt«, lachte Growcott. »Ich kaufe so viele, wie du mir zugestehst. Ich kann diese mit trockenem Brot und anderen Resten gefüllten Teile, die Farewell verkauft, nicht ausstehen. Wonach riecht es denn hier so gut?«

»Die Spezialität des Tages. Ein opulentes Cassoulet – Flageolettbohnen aus Arpajon, *Confit d'oie,* Kutteln, und alles, was sonst noch dazugehört. Wie wär's jetzt mit einer Kostprobe?«

»Na gut, aber nur eine kleine Portion«, sagte Growcott gierig, und sie setzten sich zu einem frühen Imbiß an den Küchentisch zwischen die Wursterei.

Es klopfte an die Hintertür, und Bryony schob ihren Kopf um die Ecke.

»Wo ist Delphine?« fragte sie, ohne ihren Vater zu beachten.

»Sie ist nach Holland zurückgegangen«, sagte Thurkle mit vollem Mund. »Ihre Mutter ist krank geworden.«

»Sie hat sich noch nicht einmal verabschiedet«, sagte Bryony ungläubig. »Das hätte sie mir ja wohl mitteilen können. Ich sollte heute abend meine Französischstunde bei ihr haben.«

»Es kam sehr unerwartet«, sagte Thurkle. »Der Anruf erreichte sie mitten in der Nacht.«

Für den heutigen Abend gab es zwei Reservierungen, die Thurkle innehalten und an seinem Stift knabbern ließen. Kenward, ein Tisch für zwei Personen um zwanzig Uhr dreißig. Also waren sie wieder zurück aus der Provence. Sie würden ihn aus der Küche an ihren Tisch rufen lassen, nur für ein angeberisches Tête-à-tête über selbstgemachte Amselpastete und Wassermelonenmarmelade. Er runzelte die Stirn. Und Hossenlop. Wohl ein Amerikaner. Dieser Artikel im *Gourmet Journal* machte sich bezahlt.

Gerade, als er an diesem Abend das letzte Stück kalter, in Würfel geschnittener Butter in die *Beurre blanc* schlug, tauchte Alan, der Oberkellner, an seiner Seite auf.

»Am Tisch Nr. 5 haben sie Fragen, Chef.«

»Was für Fragen?«

»Fragen, die ich nicht beantworten kann, Chef. Über Tiere, glaube ich.«

Thurkle fluchte laut und vernehmlich, weil er die Sauce stehenlassen mußte und stolperte durch die Schwingtür ins Restaurant. Hinten in der Ecke neben der ilexgrünen Wandbespannung saßen die Hossenlops im Kerzenschein am Tisch Nr. 5. Die Frau war mager und ledern mit einem hellblonden Knoten im Nacken und blanken, kalten Augen. Der Mann war etwas älter und beleibter, ein eleganter und zuvorkommender Bostoner in Europa.

»Entschuldigen Sie, Chef, daß wir Sie Ihrem Tempel der Kreativität entreißen«, sprühte Mrs. Hossenlop mit einer Nuance gedehntem Südstaatenakzent, »aber wir müssen es einfach aus ihrem eigenen Munde hören, weil wir auf dem Menü nirgends etwas über die Herkunft entdecken konnten.«

»Herkunft?« fragte Thurkle.

»Meine Frau meint, die genaueren Angaben darüber, woher die Zutaten stammen«, erläuterte Mr. Hossenlop.

»Zum Beispiel das *Cassoulet Colombie*«, sagte Mrs. Hossenlop.

»Es ist ein Gericht aus dem Languedoc«, sagte Thurkle, »mit Schweinefleisch, Gans, Lamm, weißen Bohnen...«

»Nein, nein«, Mrs. Hossenlop warf ihm ein Halogenlächeln zu. »Wir sind mit der *Cuisine du terroir* schon bestens vertraut. Was wir wissen möchten: Können Sie uns genauere Angaben zu den Fleischspendern machen?«

»Den was?« fragte Thurkle verblüfft. Die Hossenlops tauschten einen vielsagenden Blick.

»Wir sind uns im klaren darüber, daß wir in Europa auf ein gewisses Maß an Unverständnis stoßen«, sagte Mr. Hossenlop, »aber für meine Frau und mich hat es oberste Priorität, im Besitz von genauen Informationen über das Leben und Sterben aller Lebewesen zu sein, die wir zu essen beabsichtigen. Ist es artgerecht aufgezogen worden?«

»Ist sein Fleisch frei von Hormonen und Antibiotika?« schaltete sich Mrs. Hossenlop wieder ein.

»Was bekam es zu fressen, als es lebte? Auf welche Art ist es geschlachtet worden?«

»Wie es geschlachtet wurde?« fragte Thurkle.

»Das ist nicht bloß pure Neugierde, Mr. Thurkle, Sir«, sagte Mr. Hossenlop. »Über die humanitären Gesichtspunkte hinaus ist uns daran gelegen, unsere Nahrungsaufnahme als angenehmes Erlebnis zu gestalten. Das Fleisch eines Tieres, das in einem Zustand des blanken Entsetzens geschlachtet wurde, ist stets sehr zäh.«

Außerhalb der Schule verbrachte Bryony die meiste Zeit allein, um so mehr, da Delphine verschwunden war. Ihr Vater preschte ständig mit seinem neuen Auto zu dem einen oder anderen Rendezvous. Bryony hatte keinen Führerschein, auch hätte ihr Vater ihr wohl sein Auto kaum geliehen. Also blieb sie, wo sie war, las, grübelte und führte einen passionierten Briefwechsel (vor allem über die Rechte der Tiere) mit ihrer Freundin in Camden oder ging im Shorter Wald spazieren und wühlte dabei das faulende Laub mit ihren Füßen auf.

Roger Saddington befand sich auf dem Weg zur Arbeit, als er die Tochter des Doktors auf den Weg einbiegen sah, der durch den Wald führte. Da der Schlachthof auf der anderen Seite des Waldes lag, beschloß er, einen Umweg zu machen, um sie vielleicht ansprechen zu können.

Er bewegte sich ziemlich lautlos für einen Mann seiner Statur, und Bryony hörte ihn nicht – die Bäume raschelten und rauschten im Wind wie eine viktorianische Trauergemeinde –, bis er plötzlich neben ihr ging. Sie schrak zusammen.

»Tut mir leid, wenn ich dich erschreckt habe.« Er fühlte sich geehrt.

»Schon gut«, sagte Bryony. Ihre Gedanken rasten. Sie hatte sich schon seit längerem den Kopf darüber zerbrochen, wie sie Zugang zum

Schlachthof erhalten könne. Erste Erkundungen hatten nur das zutage gebracht, was jedem, der genauer hinsah, auffallen mußte: Das Gebäude war weder durch ein Schild noch einen Hinweis kenntlich gemacht und von einer hohen Ziegelsteinmauer umgeben, die noch mit Glassplittern und einem spiralförmigen Stacheldrahtaufsatz zusätzlich gesichert war.

»Fleisch ist Mord«, kicherte Roger. »Du wärst nicht so versessen auf deine Tiere, wenn du mehr über sie wüßtest.«

»Was weißt du, das ich nicht weiß?« fragte Bryony und versuchte dabei, einen flirtenden Ton anzuschlagen, wobei es jedoch zum Schluß nur ziemlich spitzbübisch klang. Roger fühlte sich sehr ermutigt.

»Schweine, zum Beispiel«, sagte er ernst. »Sie sind abartig. Sie quetschen ihre Ferkel absichtlich zu Tode, um sie anschließend zu fressen. Mir hat eine Sau im letzten Jahr fast den Arm abgebissen.«

»Erzähl mir mehr«, sagte Bryony und starrte unentwegt auf das Laub unter ihren Füßen, während sie weitergingen.

»Sie sind Kannibalen«, übertrieb Roger. »Laß sie zusammen laufen, und bevor du dich versiehst, beißen sie sich die Schweineschwänze ab und fressen sich weiter in die Hinterbacken hinein. Ich habe es mit eigenen Augen gesehen.«

»Und wie viele sind auf diese Art bei euch im Schlachthof umgekommen?« fragte Bryony und schürzte die Lippen, zum ersten Mal in ihrem Leben, was ihr wie eine rein mechanische Nachahmung vorkam. Das komischste war, daß Roger es ungemein verführerisch fand.

»Das ist kein Job für Feiglinge«, brummte er, ließ einen Arm um ihre Hüften gleiten und drückte abwechselnd eine ihrer Pobacken. Bryony mußte sehr dagegen kämpfen, nicht völlig zu erstarren.

»Wirst du mich mit hineinnehmen?« murmelte sie. »Ich würde ihn schrecklich gern einmal von innen sehen.«

»In Ordnung«, sagte er, blieb stehen und drehte sich zu ihr um, »aber zuerst wollen wir uns küssen.« Sie waren nun schon ziemlich tief im Wald, erkannte Bryony. Sie konnte ihr Herz laut schlagen hören. Sie wußte nicht, wie euphemistisch für ihn das Wort »küssen« war, aber sowie sich ihr Entschluß festigte, lockerten sich ihre Gesichtszüge und ihre Lippen.

»Es ist ein Geschäft«, sagte sie.

Er hob sie hoch und hielt sie in einer lasziven

Umarmung wie ein großer Bär, drückte seinen Unterkörper eng an den ihren, während er mit seiner Zunge in ihrem Mund herumsuchte. Sie zwang sich dazu, entspannt zu bleiben, gleichgültig und fröstelnd vor Abneigung, und, wie sie sich schon früher in ähnlichen Situationen geschworen hatte, innerlich unbeteiligt. Doch dann war sie überrascht, daß eine fremde, ihr unbekannte Wärme ihre Haut durchdrang und ihre Hüften unwillkürlich über die seinen schob und sie mit kräftigen Zungenschlägen reagierte.

»Na, ja«, sagte er anerkennend, als er Luft holen mußte.

»Laß mich jetzt runter und zeig mir den Schlachthof.« Sie schob seine Schultern mit ihren Händen zurück. Das Blut war ihr zu Kopf gestiegen. Sie war entsetzt.

Er hielt sein Versprechen.

Hinter dem Schleier der blutdurchtränkten Luft konnte sie die Arbeiter mit ihren großen Wachsschürzen erkennen. Die gigantischen Zangen waren in Wirklichkeit Betäubungsspritzen, erklärte ihr Roger. Die betäubten Schweine, deren Vorder- und Hinterbeine gefesselt waren, wurden auf einem Band dorthin geschleppt, wo ein Mann mit seinem Messer wartete; danach schoben sich ihre teilweise noch zuckenden herunterhängenden Leiber das Band herunter in die Heißwassertanks. »Hab' ich dir ja gesagt, daß das hier nichts für Feiglinge ist«, schrie Roger stolz. Seine Stimme klang schwach vor all dem Klappern und Klirren, dem Rasseln von Ketten und Haken, die geöffnet und geschlossen wurden, dem Zischen der Wasserschläuche und hinter dem beständigen Schreien.

Im schwarzen Wasser der Tanks trieben tote Schweine, ausgeblutet bis auf den letzten Tropfen, ihre stumpfen Augen nach oben verdreht. Der Dampf in diesem Raum war stickig vom Blut, und Bryony mußte würgen. »Als nächstes werden ihnen die Hufe herausgeschlagen und die Eingeweide herausgerissen«, sagte Roger voller Zufriedenheit.

Draußen in der stillen klaren Luft des Waldes lehnte sich Bryony gegen einen Lorbeerbaum und erbrach. Roger beobachtete sie, wie sie sich den Mund mit einem Büschel Gras abwischte.

»Huckepack«, sagte er. Sie versuchte, ihm auszuweichen, aber er nahm sie und legte sie über seine Schulter wie einen Sack. Sie strauchelten durch den Wald zurück, und eine Weile lang blieb er still. Dann fing er wieder an.

»Schon mal gesehen, wie sich Schweine paaren?« fragte er freundlich über seine Schulter. »Sie lassen sich Zeit. Manchmal ist der Eber für eine halbe Stunde da drin.« Bryony erwog, ihm die Augen auszukratzen oder sich an einen überhängenden Ast zu klammern, aber er hielt ihre Beine so fest an seine Taille gepreßt, daß sie es nicht geschafft hätte, sich freizustrampeln, solange er sie auf diese Weise trug.

»Komisch ist das bei Ebern«, fuhr er fort. »Mit ihren Zapfen. Tut mir leid, meine Dame, aber ich bin zu ungebildet, um das feine Wort zu kennen. Nun, sein – er – ist an der Spitze so gebogen wie eine Spirale, deshalb dreht er sich geradezu in die Sau hinein. Deshalb ist es ein richtiges Bohren, was Schweine machen, du weißt schon, was ich meine.« Er lachte laut heraus, während Bryony auf die wippenden schwarzen Locken auf seinem Kopf schaute. Plötzlich ließ er sie ins Laub fallen. Er stellte ihr einen Fuß auf den Bauch und fummelte dabei an seinem Reißverschluß herum. Sie packte eines seiner Schienbeine, zerrte die Jeans einige Zentimeter nach oben und schlug ihre scharfen Zähne hinten in seine borstigen

Knöchel, bis die Haut platzte. Sie biß, so fest sie konnte, in die Achillessehne. Ihr Biß war kräftig, und er schrie auf, schüttelte sie ab, um sich die Verletzung anzusehen.

In diesem Moment stürzte Bryony davon. Sie war eine gute Läuferin, leicht, langbeinig und ausdauernd. Roger nicht. Er verfolgte sie anfangs krachend durch das Unterholz, gab aber kurz vor dem Weg, der wieder zur Hauptstraße führte, auf. Damit hatte sie gerechnet.

An diesem Abend schloß sich Bryony in ihr Zimmer ein und kroch ins Bett. Dort rollte sie sich zu einem Ball zusammen. Ein Schneidezahn hatte sich durch seine Tritte gelockert, und sie wackelte nachdenklich daran. Wenn sie genau darüber nachdachte, mußte sie erstaunt zugeben, daß das schockierendste an diesem aufregenden Nachmittag wohl ihre Erwiderung des Lippenkontakts gewesen war.

6

Valerie schlang ihren Daumen und die ersten beiden Finger der rechten Hand routiniert um Williams Knöchel und hob seine Beine in die Luft.

»Du hast ihm zu viele Bananen gegeben.« Mit feuchter Watte tupfte sie an ihm herum.

»Woher willst du das wissen?« fragte Judith.

»Die Farbe. Der Geruch. Diese kleinen schwarzen Fäden. Du bist wirklich ein fauler Sack, Judith. Du machst dir noch nicht einmal die Mühe, ihm etwas zu essen aufzuwärmen.«

»Dad hat gesagt, wir sollen ihm keine Rinderbrühe mehr geben.«

»Aber er hat nicht gesagt, daß wir ihm überhaupt nichts mehr geben sollen«, sagte Valerie mit erhobener Stimme. Sie tupfte ihn mit einem Geschirrtuch trocken. Er lag glucksend da, einen Fuß in jeder Hand, ohne Schamgefühl und strahlend. Sie schaute genauer hin.

»Sieht so aus, als ob er wund würde. Lassen

wir lieber etwas Luft dran. Beobachte du ihn, ich muß das Mittagessen vorbereiten. Und ich meine beobachten.«

Valerie ging in die gegenüberliegende Ecke der Küche und nahm die Kartoffeln aus dem Korb.

»Gibt es Pommes frites?« fragte Judith.

»Susan ist normalerweise längst zu Hause um diese Zeit.« Gestern nacht hatten sie und Thomas sich geliebt, aber die gute Laune, die sich immer bis zum nächsten Tag hielt, begann sich zu verflüchtigen. Außerdem hatte sie nicht aufgepaßt, beruhigte sich aber mit dem Gedanken, daß sie ja schon fast vierzig war. »Nein, es gibt keine Pommes frites.«

»Aber es ist Samstag!« rief Judith beleidigt.

»Und du wiegst achtzig Kilo«, sagte Valerie. Fast vierzig oder nicht – weibliche und männliche Nuclei hatten sich um sechs Minuten nach eins in dieser Nacht zu einem einzigen Nucleus vereinigt, der sich bald wiederum in zwei Hälften geteilt hatte – mit dem Unterschied, daß dieses Mal jede Hälfte den gleichen Anteil der beiden beteiligten Personen in sich trug – und hatte sich wieder und wieder gespalten. Valerie sagte: »Wenn sie nicht bald zurückkommt, wird sie schon wieder keine

Zeit haben, etwas zu essen, bevor der Bus abfährt.«

»Sie hat Fischstäbchen sowieso von ihrer Liste gestrichen«, sagte Judith. »Fische haben das gleiche Recht zu leben wie wir.« »Wer weiß, ob sie keine Schmerzen empfinden.«

»Wann hat sie das gesagt?« fragte Valerie gereizt, warf das Schälmesser hin und starrte Judith verärgert an.

»Gestern abend, als wir eine Sendung über Lachsfarmen sahen.«

»Ich habe nicht verlangt, daß sie Lachs ißt«, sagte Valerie. »Mein Gott, es ist doch nur Kabeljau! Wenn überhaupt. Wenn sie jetzt auch noch die Fischstäbchen verweigert, weiß ich nicht mehr, was ich tun soll.«

»Warum fragst du nicht Brown Owl, ob er mal mit ihr reden kann«, schlug Valerie vor.

»Weil Brown Owl auch so ein verdammter Vegetarier ist«, gab Valerie zurück. »Glaubst du denn, daß ich es nicht versucht habe. Und laß das, sonst bekommt er noch Komplexe.« Judith schnipste gelangweilt Williams kleinen Penis von einer Seite zur anderen.

»Dann wirf uns eine Windel herüber«, sagte sie. »Ich will nicht, daß er mich ganz vollmacht.«

»Normalerweise ist sie nie so spät dran, wenn sie drüben bei Melanie war«, sagte Valerie und schleuderte eine Pampers durch die Luft.

Thurkle war wegen einer Notreserve Kalbsknochen vorbeigekommen. Thomas Farewell überließ seinen Laden den beiden Assistenten, und machte die Knochen für ihn fertig, dann nahm er sich zehn Minuten Zeit für eine Kaffeepause im Hinterzimmer. Das Gespräch kreiste unweigerlich um das gemeinsame Verkaufsprojekt.

»Den alten Talbot hat es ein Vermögen gekostet, sein Geschäft aufzubauen, und jetzt ist es fast unmöglich für ihn, die Zinsen aufzubringen, wenn er nicht das ganze Jahr hindurch jeden Tag einen Spitzenumsatz macht«, sagte Thomas. »Die Leute sagen, daß man seine Antibiotikarechnungen gesehen haben muß, um sie zu glauben.«

»Obwohl wir kaum Startkapital bräuchten«, gab Thurkle zu bedenken. »Und wir könnten die Schweine von Abfällen ernähren, besonders wenn wir uns für Tamworths oder Gloucester Old Spots entscheiden. Und für die beiden Felder weiter unten wäre es kostenloser

Dünger. Ich könnte mein Sortiment sogar auf luftgetrockneten Schinken ausweiten.« Jetzt, wo Delphine ganz und gar von der Bildfläche verschwunden war, dachte er bei sich, mußte man die Idee mit der Bestellung per Katalog wahrscheinlich noch einmal neu durchdenken; vermutlich ließe sich Valerie Farewell überreden, den Papierkram in ihrer freien Zeit zu erledigen.

Thomas ging ans Telefon. »Nein, hier ist sie nicht. Du weißt doch, daß sie in letzter Zeit den Laden gemieden hat. Hast du Melanies Eltern angerufen, um herauszufinden, wann sie gegangen ist? Nicht zu Hause? Tja, vielleicht bringen sie sie mit dem Auto vorbei. Ich würde mir noch keine Sorgen machen. Vielleicht hat sie den Pfadfinderausflug vergessen und ist statt dessen mit Melanie unterwegs, du weißt doch, was für ein Spatzenhirn sie hat. Aber ruf mich wieder an, wenn sie bis zwei Uhr noch nicht zurück ist.«

Als Thurkle in seine Küche zurückkam, saß Growcott dort und wartete auf ihn.

»Das Restaurant der Woche«, verkündete er und wedelte mit einem gefalteten Zeitungsausschnitt. »Du bist drin.« Thurkle grunzte und machte einen Satz, aber Growcott kam ihm zuvor, sprang auf einen Stuhl und las laut vor.

»›Der Hase, dieses noble Nagetier, läßt sich nicht in Gefangenschaft aufziehen. Sein Fleisch ist dunkel, sauerstoffreiches Mygoglobin benötigen seine kraftvollen Muskeln, es ist so dunkel und würzig, daß es förmlich nach einer herben Sauce schreit, wie zum Beispiel der gaumenbetörenden zartbitteren italienischen Agrodolce-Sauce oder – noch seltener gelungen – Hasenpfeffer an violetter Blutsauce.‹«

»Was ist denn das, eine Gourmetkritik oder eine Vorlesung?«

»Das ist die Vorrede«, sagte Growcott. »Sei still und hör zu.«

»›Zu oft heutzutage handelt es sich bei dem Blut, das man zusammen mit dem Hasen kauft, in Wirklichkeit um Schweineblut. Wenn es nicht bei schwacher Hitze eingerührt wird, gerinnt es und verklumpt, und viele Chefs, selbst in First-class-Häusern, sind dazu übergegangen, es durch fein geschnittene *Foie gras* zu ersetzen. Aber der Hasenpfeffer, der mir bei Thurkle serviert wurde, ein Restaurant, das übrigens der Trostlosigkeit im Herzen Mittelenglands ein Ende bereiten könnte, war der Hit.‹«

»Er muß vor ein paar Wochen dagewesen sein«, sagte Thurkle. »Ob er wohl die *Crépinettes* probiert hat.«

»›Hier endlich ist ein kleiner, eingespielter Betrieb, der auf Authentizität bedacht ist und jeglichen falschen Schick vermeidet, in dem es noch möglich war, echte Arbeit mit Messer und Gabel zu leisten. Das Fleisch war durchwegs von erstklassiger Qualität und kam von einem Metzger, der sein Handwerk versteht.‹«

»Thomas Farewell«, schnaubte Thurkle. »Das meint er doch nicht ernst. Aber vielleicht hat er nur Wild gegessen. Das stammt von mir.«

»›Was Thurkle an Finesse fehlt, macht er durch die wohltuende Absenz britischer kulinarischer Sünden wieder wett: Zimperlichkeit und jene zügellos verschwenderische Ziererei: Auf dem Menü standen Hoden, eine umwerfende *Fromage de tête,* wirklich ursprünglicher Philadelphia-Feuertopf (Kutteln mit Kalbsknorpel) und ein Gericht aus gesüßten, in Streifen geschnittenen Kabeljau-Kiementaschen, aufregend frisch, sautiert in Butter mit Meeresfenchel.‹«

»Wird noch etwas über den Hasen gesagt?« murrte Thurkle.

»Warte. Zu der Stelle kommen wir gleich. Zuerst findet noch der Fasan Erwähnung. ›Er ist der Traum eines jeden Koprophilen, der sich nicht einmal durch die brutale Cumberlandsoße irritieren ließ.‹ Er hat recht, dein Wild hat einen strengen haut goût. Erinnerst du dich an die Maden letztes Jahr? Da steht es. ›Purpurfarbene Blutsauce von königlich samtener Pracht ... Das leichtfüßige Tier wurde nicht umsonst getötet ...‹ Ah, hier ist es, jetzt geht es um deine Würste und *Crépinettes*.«

»Würste?« fragte Thurkle.

»›Anders als die üblichen teigigen Würstchen, waren diese ambitionierten englischen Würste einfach der Höhepunkt. Das Fleisch fein gehackt, ungewöhnlich scharf gewürzt und doch fett genug, die Därme etwas zäh dagegen. Die Krönung von allem bildete ein nach Froschfresser-Art abgewandelter Hamburger ...‹«

»Froschfresser-Art?«

»Französisch, du Dummkopf. ›... das schlichtweg göttliche *Crépinette* ergab eine sensationelle Komposition aus gehackten Trüffeln mit gewürfeltem Schweinespeck, gekocht bis zum Gelierpunkt, umhüllt von einem Schal feingesponnenen Fettes des Schweinenetzes.‹ Dann sagt er, daß die Desserts eine leichte Enttäuschung waren – ›es ist ratsam, den Schleier des Vergessens über die prätentiöse *Mousse à la Vanille* zu ziehen – aber der Käse, sehr zu empfehlen. Ich habe mich eindeutig übernommen mit den drei Sorten Ziegenkäse, dem *Coulommiers* und einem kräftigen kegelförmigen *Epoisses,* in Frankreich unter der Bezeichnung Teufelszäpfchen bekannt.‹ Ha! Das wußte ich auch noch nicht. Das ist etwas für meine Sammlung.«

»Was sagt er, wie teuer es war?« fragte Thurkle.

»Hundertunddrei Pfund für zwei Personen.«

»Meine Güte!«

»Aperitifs und Wein inklusive.«

»Trotzdem«, sagte Thurkle anerkennend.

Als Melanie und ihre Eltern am Samstagabend nach einem Ausflug in den Safaripark von Boddington heimkehrten, fanden sie einen Zettel von den Farewells vor ihrer Haustür auf der Fußmatte.

»Bitte rufen Sie uns an, wenn Sie zurück sind«, las Melanies Mutter vor. »Wir hatten mit Susan zum Mittagessen gerechnet, nehmen aber jetzt an, daß Sie sie irgendwohin mitgenommen haben für den Nachmittag.«

»Oh, je«, sagte Melanies Vater.

»Erzähl noch einmal genau, was ihr gestern nachmittag gemacht habt«, bat Melanies Mutter.

»Wir hatten schon in der ersten Pause und dann in der Mittagspause zusammen gespielt, und nach der Schule fanden wir es dann langweilig, uns am Abend noch einmal zu treffen. Deshalb haben wir uns verabschiedet, und sie rannte los.«

»Wohin?«

»Ich weiß nicht. Nach Hause, nehm' ich an. Wir standen vor dem Schultor.«

»Vielleicht ist sie ausgerissen«, sagte Melanies Vater.

»Hoffentlich ist nichts passiert«, sagte Melanies Mutter. »Ich rufe Valerie jetzt besser an. Oh, je.«

Nach dem, was sie gerade am Telefon gehört hatte, setzte Valeries Bewußtsein für kurze Zeit aus, während Adrenalin ihren Kreislauf aufpeitschte und ihr Herz heftig zu schlagen begann.

»Was ist los?« fragte Thomas.

»Sie war gar nicht bei ihnen am Freitag abend«, antwortete Valerie. »Sie hatten angenommen, Susan sei nach Hause gegangen.«

»Oh, mein Gott«, sagte Thomas. »Oh, mein Gott.«

»Sie meinen, daß sie vielleicht ausgerissen sei.« Valeries Stimme war monoton.

»Nein«, entgegnete Thomas. »Du weißt, daß sie das nie tun würde.« Seine Blutgefäße hatten sich verengt und ihm ein papierenes Aussehen verliehen, sein Darm war kalt und angegriffen.

Sie erkundigten sich in den Krankenhäusern, dann bei der Polizei.

»Bleib du in der Nähe des Telefons«, sagte Thomas. »Judith, kümmere dich um deine Mutter.«

»Versuch es im Shorter Wald«, sagte Valerie.

»Ja«, antwortete er.

Methodisch durchkämmte er den Wald, ausgerüstet mit Stock und Taschenlampe, stocherte im matschigen Laub, leuchtete die tropfnassen Stämme und Wurzeln ab. Seit Stunden hatte es schon geregnet, und alles roch süßlich nach Fäulnis. Drüben in Richtung Dorf sah er eine

Ansammlung von Lichtern und dachte an die vielen Familien, die er kannte und die sich jetzt in ihren Sesseln vor dem Fernseher lümmelten. Morgen abend würden sie es in den Zehn-Uhr-Nachrichten mitteilen, dachte er. Vermutlich würden sie Valerie persönlich vor die Kamera bitten. Sie weinte nie, aber würde ihr die Stimme versagen?

»Susan«, rief er. »Susan.« Doch es kam heraus wie ein Klagen, viel zu leise. Die Regentropfen überall um ihn herum sanken leise in die weiche Erde ein, als er durch den Dreck schlurfte, und die Bäume flüsterten säuselnd ihren Namen.

Schließlich kehrte er nach zwei Uhr nach Hause zurück. Er hatte sie um nur wenige Zentimeter verfehlt. Was übrig geblieben war, lag in einem unbenutzten Graben, von einem geschickt kaschierten Bett aus Zweigen, heruntergefallenen Ästen und verfaultem Laub zugedeckt. Er hatte methodisch das Gebiet sondiert, aber sein Stock war widerstandslos zwischen ihren ausgestreckten Fingern hindurchgeglitten. Immer noch nach ihr rufend und mit der Taschenlampe suchend, hatte er sich wieder entfernt.

Die zweite Nacht ging zu Ende, aber zumindest seit dieser Nacht war sie richtig tot. Bis in die frühen Morgenstunden des anbrechenden Sonntags hatte sie ihren Geist noch nicht ganz aufgegeben. Weil sie nicht in der Lage war, sich zu bewegen, und nur ganz schwache Laute von sich geben konnte, war sie langsam verblutet, bis sie das Bewußtsein verlor; ihr Körper hatte danach noch eine ganze Weile geatmet, pulsiert und die Wunden zu stillen versucht.

Nach dem Angriff hatte ihr Blut immer noch Sauerstoff weitertransportiert und einfache Glukose umgesetzt, gewonnen aus der Schokolade, die sie nachmittags während der Geographiestunde unter ihrer Bank gegessen hatte, und es im Zentrum jeder ihrer Verletzungen gesammelt. Zahlreiche zytoplasmatische Blutplättchen hingen an den Rändern ihrer zerfetzten Haut, verbanden sich, wodurch die kleinsten Schnitte verklebt wurden. An den Stellen, an denen größere Verletzungen saßen, begann das Blut seinen Gerinnungsprozeß, zog Streifen von Fibrin über die klaffenden Wunden und wob so ein Netz aus Blutplättchen zu Klumpen zusammen. Es war jedoch ein ungleicher Kampf, und zuletzt starb sie.

Ihre Leiche löste einen kleinen Aufruhr in

der Welt der Insekten aus. Ameisen flitzten umher und inspizierten den potentiellen Nutzen dieses unbekannten Fremdkörpers. Würmer wanden sich ihren blinden Weg durch sie hindurch in die verwesende Laubdecke. Keinen Meter vom Graben entfernt, war ein achromatischer Pilz, hell wie ein Hinweisschild, aus dem Boden geschossen.

Cashelmara war es, Mrs. Greenidges Cockerspaniel, der dann schließlich am Sonntagmorgen Susans Überreste ausgrub. Er schnüffelte herum, nahm den Geruch auf und buddelte im Graben. Während Mrs. Greenidge immer noch herankeuchend schimpfte: »Du schmutziger Hund! Du schmutziger Hund, du! Komm sofort da raus!« hatte er schon die Schulter in seinem Maul und zerrte um sein Leben. Als Mrs. Greenidge erkannte, was er gefunden hatte, stöhnte sie: »Oh Gott, oh mein Gott!« und trat einen Schritt zurück, die Hand an der Kehle, bis ihr Fuß in einer Baumwurzel hängenblieb. Sie fiel schwer zu Boden und brach sich dabei den Knöchel. Dann kroch sie durch den Wald zurück bis zur Hauptstraße. Dafür benötigte sie geraume Zeit, denn übergewichtig und hysterisch, fiel sie auf dem Weg zweimal hintereinander in Ohnmacht. Doch als sie das Dorf endlich erreichte, breitete sich die Neuigkeit innerhalb einer halben Stunde überall aus.

»Ich brauche noch einen starken schwarzen Kaffee«, sagte Growcott, als er an jenem Sonntag nachmittag um fünf Uhr Thurkles Küche betrat.

»Mein lieber Mann«, bemerkte Thurkle, als er sah, wie Growcott zum Tisch humpelte und sich erschöpft auf einen Stuhl fallen ließ. »Du *hast* aber eine Schlacht geschlagen. Beziehungskrieg, nehme ich an.«

Growcotts linkes Auge blühte im Frühstadium im stürmischen Magenta und Indigo eines Veilchens. Der Augapfel selbst war von einem scharlachroten Fadengewebe überzogen, so fein wie die Beine einer Glücksspinne.

»Hast du schon gehört?« fragte Growcott.

»Von der Farewell-Tochter? Ja. Alan konnte es sich nicht verkneifen, hier vorbeizuschauen und mir den Tag zu verderben.«

»Ich wurde zu ihnen gerufen, um Mrs. Farewell zu beruhigen. Sie war völlig außer sich und gerade dabei, die französischen Fenster einzuschlagen, und schrie wie am Spieß. Ich habe ihr ein stark sedierendes Beruhigungsmittel gegeben und ihre Schnitte vernäht – ihre Hände waren von den Glassplittern zerschnitten –, aber dann überfiel mich diese Judith, die blöde Kuh, gerade als ich gehen wollte, schlug mir ins Gesicht und trat mir in die Eier und gebärdete sich insgesamt wie ein wildgewordener Affe. Und ein Fliegengewicht ist sie nun auch gerade nicht mehr.«

»Pech für dich«, sagte Thurkle. »Hoffen wir, daß es keine bleibenden Schäden gibt. Hier, trink das, doppelt so stark und mit einem Schuß Brandy. Sie ist wahrscheinlich auch hysterisch geworden, oder?«

»Dumme Kuh«, sagte Growcott wutentbrannt.

Sie saßen plaudernd bei der zweiten Kanne Kaffee, redeten über den Mord und ob er wohl Thurkles Betrieb beeinträchtigen würde. Als Guy Springall mit einem Kollegen im Schlepptau an der Hintertür erschien, sahen sie beide erstaunt auf.

»Kaffee, Constable?« fragte Thurkle.

»Nein danke, Sir«, antwortete Guy steif. »Ich bin gekommen, um Sie zu bitten, mit uns auf die Wache zu kommen. Wir würden Ihnen gern ein paar Fragen stellen, wenn Sie nichts dagegen haben.«

»Mir?« sagte Thurkle heiser, während Growcott sie mit offenem Mund anstarrte.

»Sie machen einen großen Fehler«, stammelte Thurkle. »Ich habe ein Alibi für letzte Nacht. Und für die vorletzte.«

»Sehr interessant, Sir, aber das ist eigentlich im Moment nicht relevant. Vielleicht wird es Ihnen ja später noch zugute kommen. Aber jetzt möchten wir gerne, daß Sie uns bei unseren Nachforschungen helfen betreffs des Verschwindens von Mrs. Delphine Thurkle. Ihrer Frau.«

7

»Er hatte schon immer einen miesen Charakter«, sagte Alan, der inzwischen schon so etwas wie eine Berühmtheit unten im *Blue Boar* geworden war. »Es ist keine einfache Sache, für solch einen Mann zu arbeiten.«

»Dabei ist bislang noch nichts bewiesen«, warf der alte Talbot ein.

»Ich weiß, was ich zu glauben habe«, sagte Alan unheilvoll.

»Sicher haben wir *alle* schon mal in der einen oder anderen Situation mit dem Gedanken gespielt, unsere Frau umzubringen«, sagte der alte Talbot mit verständnisvoller Milde, »aber zu neunundneunzig Prozent gelingt es uns, uns zu beherrschen.«

»Und wenn man ehrlich ist«, schaltete sich Peter Talbot ein, »ohne jetzt schlecht über die Tote reden zu wollen, sie hat sich schon ganz schön gehenlassen, nicht wahr.«

»Ich wette, er hat sie an seine Schweine verfüttert«, sagte Roger Saddington, »wie in dem Fall von Mrs. McKay.«

»Was dort hinten in der Küche vor sich geht, erfährt niemand.« Alan fühlte sich gekränkt. »Er sorgt dafür, daß alle Jungköche in einem anderen Raum sind, wo sie die ganze Sklavenarbeit wie schälen, schneiden und rühren erledigen, aber alle blutigen Sachen macht er selbst.«

»Schweine würden alles fressen«, fuhr Roger fort. »Sie zermalmen Knochen zu Mehl. Sie haben einen Magen wie der Vogel Strauß. Selbst wenn man sie nachher aufschlitzt und ihre Innereien untersuchen läßt, kann man nie genau wissen, ob sie nicht doch vielleicht einen Menschen gefressen haben. Sie lösen es in ihrer Magensäure auf.«

»Delphine ist erst um Neujahr herum verschwunden«, stellte der alte Talbot fest, »und wie ich genau weiß, hast du seine letzte Sau bereits im November eigenhändig geschlachtet.«

»Wenn du so anfängst«, sagte Roger. »Pedantisch. Ein Mann wie der kann sich immer leicht Zugang zu Schweinen verschaffen.«

»Er ist unentwegt damit beschäftigt, bergeweise Fleisch zu zerkleinern, zu frikassieren oder irgendwie damit herumzuhantieren«, sagte Alan. »Zu versessen, falls ihr versteht, was ich meine.«

»Der gute Doktor hat sich lange nicht mehr blicken lassen«, bemerkte der alte Talbot. »Er scheint ganz von der Bildfläche verschwunden zu sein.«

»Er hält sich bedeckt«, überlegte Peter. »Du weißt doch, was sie über ihn und Mrs. Thurkle erzählen. Vielleicht ist nichts dran an der Geschichte, aber dann wiederum ...«

»Wo Rauch ist, ist auch Feuer.« Roger nahm einen großen Schluck aus seinem Bier.

»An den Freunden«, begann der alte Talbot.

»... sollt ihr sie erkennen«, schloß Peter.

»Ja«, sagte sein Vater. »Oder heißt es: An den Früchten sollt ihr sie erkennen?«

»Den Freund erkennt man in der Not«, sagte Alan feierlich und öffnete eine Tüte mit Schweineabfällen.

»Danke, wenn du sie schon anbietest«, sagte Roger und fischte sich eine Handvoll heraus.

»Was trinken Sie?« fragte Peter, als Mr. Greenidge sich zu ihnen an die Bar gesellte.

»Ein Bier, wie immer, vielen Dank.«

»Und wie geht's Mrs. Greenidge?« fragte der

alte Talbot. »Hoffentlich auf dem Weg der Besserung mit ihrem Knöchel.«

»Sie ist immer noch sehr mitgenommen«, sagte Mr. Greenidge. »Aber das ist ja wohl ganz normal. Eine entsetzliche Geschichte, schrecklich.«

»Armes Mädel«, sagte Alan. »Wer ist zu so etwas nur fähig? Sie war immer in der Baseballmannschaft mit meinen beiden.«

»Wenn es etwas gibt, was mich wirklich stört an meinem Beruf, dann ist es das: Kinder begraben zu müssen«, sagte Mr. Greenidge. »So ein kleiner Sarg, der grade mal ein Meter lang ist, hat so etwas. Es bringt mich fast um.«

»Die Beerdigung ging auf jeden Fall glatt über die Bühne«, stellte Alan fest. »Ich hab' die Kirche noch nie so voll gesehen, mit all den Fernsehkameras noch dazu.«

»Es gab auch einige Selbstmorde in meiner Zeit.« Mr. Greenidge leerte sein Bier in einem Zug und bestellte ein neues. »Aber eine Leiche in einem solchen Zustand mußte ich noch nie beerdigen.«

»War sie immer noch ganz, ich meine, in einem Stück?« fragte Roger schmierig.

Mr. Greenidge starrte ihn an. »Für manche ist selbst Hängen noch zu schade«, rief er.

Denise hatte ihre Schwiegermutter, um einmal etwas Abwechslung zu bekommen, zu einem Cafébesuch überreden können. Sie hielt vor dem *Constant Coppa* im Parkverbot und half der auf Krücken Humpelnden an einen Fensterplatz. Als sie nach dem Parken hereinkam, sah sie die alte Mrs. Saddington mit vorgestrecktem Knie die Geschichte ein weiteres Mal erörtern. Na, ja, dachte sie, nicht weiter schlimm. Elsie schien sich wirklich immer und immer wieder damit beschäftigen zu müssen.

»Was mir immer noch Alpträume bereitet«, erklärte Mrs. Greenidge, »ist die Farbe ihrer Haut. Sie war leichenblaß, wie Pilze. Zuerst dachte ich, daß Cashelmara ein altes Bettuch erwischt hätte, wissen Sie, es hatte eine Farbe wie schmutzige Wäsche.«

»Blutverlust«, nickte Mrs. Saddington.

»Mach dir keine Sorgen, sie erwischen ihn«, sagte Denise, wobei sie mit einer Papierserviette an einem Sahnefleck auf der Tischdecke herumrieb. »Genetische Fingerabdrücke. Sie sind das neueste.«

»Du willst doch nicht behaupten, daß sie keine Spermatests mehr durchführen«, entrüstete sich Mrs. Saddington mit säbelrasselnder Stimme.

»Es ist so etwas ähnliches, einfach eine raffinierte Weiterentwicklung«, sagte Denise kühl.

»Wieso muß man dann Fingerabdrücke überhaupt ins Spiel bringen«, sagte Mrs. Saddington. »Man soll das Kind doch beim rechten Namen nennen.«

»Wer tut einem unschuldigen Kind nur so etwas an?« sagte Mrs. Greenidge, und ihre Augen füllten sich zum siebten Mal heute mit Tränen.

»Tischtennisplatten und Teppichboden«, sagte Mrs. Saddington wütend, »so werden doch heutzutage Mörder verwöhnt.«

»Ich habe meine beiden immer von der Schule abgeholt«, erklärte Denise. »Ich habe sie nie allein durch das Dorf streunen lassen. Ich hoffe nur, daß sich Valerie nicht zuviele Vorwürfe macht. Sie sah entsetzlich aus auf der Beerdigung.«

»Ihr Mann sieht auch nicht gerade gut aus«, bemerkte Mrs. Saddington. »Zumindest ist er wieder im Geschäft, und versucht, sein normales Leben wieder aufzunehmen.«

»Ja, man sollte versuchen, wieder sein normales Leben zu führen«, schniefte Mrs. Greenidge.

»Sein Fleisch hat erheblich nachgelassen,

bereits in dieser kurzen Zeit«, sagte Mrs. Saddington. »Er ist mit dem Herzen nicht mehr bei der Sache. Am Dienstag hat er mir ein paar unheimlich zähe Steaks verkauft. Ich war schon drauf und dran, sie wieder zurückzubringen.«

»Arme Valerie.« Mrs. Greenidge fing an zu weinen. »Mein Mann ist bei den Farewells vorbeigefahren wegen der Rechnung, und er sagt, man hätte sie oben heulen hören wie ein Tier.«

»Man kann doch so nicht weitermachen«, sagte Mrs. Saddington mißbilligend. »Das Leben muß weitergehen.«

»Ja, das Leben muß weitergehen«, bestätigte Denise. »Komm, hör auf zu weinen, Mum, wie wär's mit einem Stück Schwarzwälder-Kirschtorte?«

»Hast du gehört, daß sie George Thurkle wieder freigelassen haben«, sagte Mrs. Saddington. »Unzureichendes Beweismaterial.« Sie schürzte die Lippen.

»Das kann ich einfach nicht verstehen«, sagte Denise. »Sicherlich ist ein Mann, der fähig ist, seine Frau umzubringen, auch bereit, ein unschuldiges Kind zu töten. In so einem kleinen Nest wie Barwell kann es doch nicht gleich *zwei* Mörder geben.«

»Es ist furchtbar, wenn man darüber nachdenkt«, sagte Mrs. Greenidge. »Jeder könnte es gewesen sein.«

»Nun, nicht unbedingt *jeder,* Mum«, berichtigte sie Denise. »Er nimmt ein Heidengeld für ein Essen. Soviel ich gehört habe, kommt man unter hundert Pfund für zwei gar nicht wieder heraus, und dann wird einem das widerlichste Zeug vorgesetzt. Gail kennt ein Ehepaar, die dort ihre silberne Hochzeit gefeiert haben, und soll man es glauben, als Vorspeise gab es tatsächlich Suppe! Da erwartet man doch schon etwas Ausgefalleneres zu seiner Silberhochzeit, oder nicht. Anscheinend gab es entweder Suppe oder irgendeine undefinierbare Pâté.«

»Sie war so ein fröhliches Ding«, sagte Mrs. Greenidge.

Felix Growcott hielt sich bedeckt. Wenn er hinausging, glotzten sie ihn an mit ihren idiotischen Gesichtern und einem absichtlich leeren Ausdruck, der aber die lustvolle Rachsucht in ihren Augen nicht verdecken konnte. So mußte sich die Dorfalte gefühlt haben, als sie hinaustrat und man sie anklagte, des Teufels Braut zu sein. Er vermied nach Möglichkeit Thurkles Küche, und ärgerte sich, daß sie beide über einen Kamm geschoren wurden. George jedenfalls hatte seit seiner Entlassung ausgesorgt, der halbe Bezirk war plötzlich ganz versessen darauf, in seinem Etablissement zu speisen; alle Tische bei *Chez Thurkle* waren schon für mehrere Wochenenden im voraus ausgebucht.

Außerdem hatte Felix den Abgabeterim bei seinem Verleger bereits um einige Wochen überzogen, und war leicht beunruhigt, daß man ihn für den unverdienten Vorschuß verklagen könne, wenn der Verlag pleite ging, worauf alles hinzudeuten schien. Schon vor langer Zeit hatte er die Summe für mehr als einige Meter seines spiegelblanken, leise schnurrenden Jaguars ausgegeben.

Die letzte Sendung aus der Londoner Bibliothek hatte einige interessante Funde zum Thema Schweine enthalten, und er studierte nun die Stichwortverzeichnisse, bevor er sich mit freudigem Seufzer seinen Aufzeichnungen widmete. Als er sein Kapitel über Schweine wieder einmal durchlas, bewunderte er erneut seine Mischung aus Kultiviertheit, fundiertem physiologischen Wissen und leichtverdaulichen Fachkenntnissen.

Arabelle war eindeutig seine Lieblingsheldin

bei Hardy. Ihm gefiel ihr Sinn fürs Praktische und die Art, wie sie ihren schwächlichen Ehemann unterwies, das Schwein nicht zu hastig zu töten: ›Das Schwein muß gut ausgeblutet sein, und um das zu erreichen, muß es langsam sterben... Ich bin damit aufgewachsen und kenne mich aus. Jeder gute Metzger läßt's lange ausbluten. Der Tod sollte sich bis zu acht oder zehn Minuten hinziehen, mindestens.‹ Bryonys Grünzeugfimmel war nichts anderes als ein Modetrend. Noch vor einem Jahrhundert waren Schlachthöfe vollkommen natürliche, freundliche Orte, die man aufsuchte, um ein wenig zu plaudern oder ein stärkendes Glas Blut zu sich zu nehmen, um einer Tuberkulose vorzubeugen.

Der Teil, der ihn jedoch am meisten interessierte, war der Abschnitt über das Schwein als horizontalem Menschen. Seine inneren Organe folgten fast vollständig dem menschlichen Schema, und sein Herz lieferte Ersatz-Herzklappen für den Menschen. Seine Haut besaß ähnlich wie die des Menschen borstige Follikel und tatsächlich hatte er gesehen, wie man sie erfolgreich als vorübergehenden Hautersatz bei Verbrennungen einsetzen konnte. Außerdem war es Lieferant für Insulin und das vielseitig verwendbare Heparin, ein erstklassiges Antigerinnungsmittel. Das erinnerte ihn an das kritische Lob für Thurkles Hasenpfeffer – seine königlich samtene Sauce – und veranlaßte seine Drüsen, seinen Mund mit Speichel zu wässern.

Eine Sache vermißte er doch, nämlich die Gourmetabende, die sie jeden zweiten Montag abgehalten hatten; ebenso die gelegentlichen kleinen Kostproben, die ihm Thurkle bei seinen Besuchen stets angeboten hatte.

Es schien eine Ewigkeit zurückzuliegen, daß er einen von Georges kleinen Happen gekostet hatte, obwohl es gar nicht *so* lange her sein konnte. Vielleicht würde er doch noch bei ihm vorbeischauen. Die Lage mußte sich erst etwas beruhigen. Tatsächlich war nun schon über ein Monat vergangen, seitdem er hinten in der Küche gegessen hatte. Es war an jenem Nachmittag gewesen, als George Würste gefüllt hatte, und sie hatten ein ausgezeichnetes Cassoulet probiert, das er als Spezialität des Tages auf der Karte vorgesehen hatte. Felix' Gedanken sprangen zurück zu ihrem Gespräch vom Weihnachtsabend über Cassoulet und Voltaires Hintern. Wie käsig die Frauen da ausgesehen hatten. Er überlegte wieder einmal, wohin Delphine wohl gegangen sein könnte. »Viele Bohnen«, murmelte er und lachte in sich hinein.

Dann wurde ihm der entsetzliche Zusammenhang bewußt. Kerzengerade und mit überquellenden Augen saß er auf seinem Stuhl. Seine Haut kühlte aus, während sich sein Zwerchfell zusammenzog und nach unten in seine Bauchhöhle schnellte, als ob ein Lift in freiem Fall den Aufzugschacht hinabsauste. Im selben Augenblick versteiften sich die Muskeln der Bauchdecke und der Inhalt seines Magens – ein farbenfroher halbverdauter Speisebrei aus geräuchertem Speck, Erbsen und Tomaten – wurde in den Gang hoch zu seiner Kehle, weiter durch Mund und Nase geschleudert und platschte auf seine Notizen. Dieser Vorgang wiederholte sich mehrere Male, bis sein Brechreiz schließlich nur noch einen dünnen Strahl grüngelber Galle hervorbrachte und er sich schon vor Erschöpfung auf dem Boden neben seinem Schreibtisch krümmte.

Einen halben Takt in Verzug, mühte sich die Kirchengemeinde bereits während der ersten Strophe ab, den Organisten wieder einzuholen.

Jesus lebt! nicht länger
erschreckt uns nun des Todes Macht
Jesus lebt! nicht bänger
macht uns nun des Grabes Nacht.
Halleluja!

Es war Ostersonntag, und der Familiengottesdienst von Sankt Lawrence hatte gerade begonnen. Während sich ihre Eltern mit dem Kirchenlied plagten, zappelten die Kinder auf den Bänken und verdrehten ihre Köpfe nach dem wolkigen Arrangement von Weißdorn mit Narzissen und noch grünlich umhülltem Aronstab oder starrten auf das Gemälde mit den grinsenden glubschäugigen Gestalten des Jüngsten Gerichts.

Ziemlich weit hinten standen die Farewells und blickten scheu in ihre Gesangbücher, alle außer William, der schlafend an Valeries Schulter lag. Valerie hatte es aufgegeben, den Leuten in die Augen zu sehen. Sie konnte es nicht einmal mehr ertragen, ihr eigenes Gesicht im Spiegel zu sehen, ohne gleich daran denken zu müssen, daß Augen ja nichts anderes waren als Gelatinekugeln.

Mrs. Saddington baute sich hinter dem Lesepult auf, schob ihren schwarzen Strohhut zurecht und begann zu lesen, mit so freudloser Stimme wie der eines Raben, fand der Vikar. »Und der Tod wird nicht mehr sein, noch Leid, noch Geschrei, noch Schmerz wird mehr sein; denn das erste ist vergangen.« Irritiert mußte er feststellen, daß Mrs. Saddington eigenmächtig über seinen markierten Abschnitt hinaus weiterlas und nun mit geradezu genüßlicher Stimme das ganze Zeug über Unheil und Untergang in diesem vorletzten Kapitel der Offenbarung rezitierte, das er persönlich immer lieber übersprang. »Der Verzagten aber und Ungläubigen«, las sie und schmatzte dabei fast mit den Lippen, »und Greulichen und Totschläger und Hurer und Zauberer und Abgöttischen und aller Lügner, deren Teil wird sein in dem Pfuhl, der mit Feuer und Schwefel brennet; das ist der andere Tod.«

Ganz offensichtlich saß die Gemeinde jetzt weniger schlaff da als zu Beginn, erschienen die Kinder aufmerksamer, und ihr halbstarker Sohn wirkte eindeutig eingeschüchtert, als sie wieder neben ihm in der ersten Reihe Platz nahm. Gott sei Dank war danach Denise Greenidge an der Reihe, die ihre Passage über den Engel Gottes, der den Stein vor dem Grabe beiseite rollte, mit der gleichen Stimme vortrug, als wenn sie ihren Kindern aus *Charlie und die Schokoladenfabrik* vorlas.

Er begann seine Predigt und bedankte sich bei allen, daß sie an diesem Ostersonntag so zahlreich erschienen seien, und betonte, um wie vieles schöner es sei, die Kirche auch an den anderen Sonntagen des Kirchenjahres wenigstens halb so voll zu sehen. »Es ist sehr verführerisch, ›Jesus, nein danke, zu sagen‹, fuhr er fort. »Nun, wir mögen nein danke sagen, aber wir kehren doch nur zu gern zurück, wenn wir ihn brauchen, nicht wahr.« Selbst in seinen eigenen Ohren klang das verdrossen, deshalb beeilte er sich, die Auferstehung anzuschneiden, stellte sie als Rätsel, nicht jedoch als Geheimnis dar. Er ließ sich über das Blut des Osterlammes aus, das die Menschen von ihren Sünden erlöst, und sich völlig im klaren über die materialistische Einstellung seiner Herde, wußte er sofort, daß drei Viertel ihre Gedanken augenblicklich in Richtung Sonntagsbraten wandern ließen. »Nun, Kinder«, frohlockte er. »Ihr werdet heute alle Ostereier suchen gehen. Kann mir denn jemand sagen, für was das Ei ein Symbol ist?« Matthew Greenidge schlug vor, für eine Henne, und Natasha Roberts sagte, für Jesus. »Gut, gut«, tadelte er, »aber das Ei ist doch eigentlich ein Symbol für neues Leben, nicht wahr.« Er fühlte sich müde, als er sich zum Höhepunkt der Predigt vorarbeitete.

»Es ist sehr schwierig, zu glauben, daß wir am Tage des Jüngsten Gerichts zum Himmel emporsteigen werden«, sagte er. »Alle biologischen und physikalischen Gesetze sprechen dagegen. Die Wissenschaftler erklären uns, daß wir aus Billionen und Trillionen tanzender Atome bestehen. Diese tanzenden Atome bilden bestimmte Figuren und halten sich dabei an den Händen wie beim Ringelreihen, bis Moleküle aus ihnen werden. Doch manchmal gerät der Tanz aus dem Takt, und die Figuren verformen sich. Dann werden wir krank. Ja, es ist schwer genug, all dies zu glauben, nicht wahr. Hör schon auf, werdet ihr jetzt wohl denken, und das will ich jetzt auch tun. Tja, und warum sollen wir nicht den großen Schritt hin zum christlichen Glauben machen? Wir werden auferstehen, und wir müssen daran glauben, so schwer es uns auch fällt, oder der Rest ergibt nur noch Unsinn.«

Es ist purer Unsinn, dachte Valerie, als William auf ihrem Arm anfing zu weinen. Judith gähnte und fragte sich, wieso diese Kirchentypen den Gedanken an den Tod eigentlich für so etwas unaussprechlich Schlimmes hielten; man existierte nicht, bevor man geboren war, und man hörte auf zu existieren, wenn man gestorben war, das war alles. Aber es war schwer zu begreifen, daß Susan dahingegangen war, oder vielmehr, zu Erde geworden war, und sie holte gequält ihre Packung Temoptaschentücher heraus, als ihr die Tränen in die Augen traten.

Thomas hatte nicht richtig zugehört, obwohl ein oder zwei Sätze in die Leere vorgedrungen waren, auf die er sich zu konzentrieren versuchte. Bei der Zeile über das Wegrollen des Grabsteins hatte er den Atem angehalten. Trauer saß wie ein großer Stein in seinem Brustkasten, und nichts und niemand konnte sie von dort fortbewegen.

5

Mitte April war der Himmel in ein wäßriges, ausgewaschenes Blau getaucht. Die Luft roch anregend nach frischen Frühlingsdüften und verband sich auf das angenehmste mit dem melodischen Zwitschern der Vögel und den Stimmen der spielenden Kinder in den Hintergärten. Auf den Weiden rings um das Dorf sprangen die Lämmer umher und vollführten ab und zu ihre vertikalen Bocksprünge, alle vier Beine gleichzeitig in der Luft, unbeeindruckt davon, daß sie in einem Monat Stück für Stück in Frischhaltefolie geschweißt sein würden. Die Fähigkeit, über den Tod zu reflektieren, ist eine ausschließlich menschliche Gabe, so nehmen wir es zumindest an.

Judith Farewell übte sich an diesem Samstagvormittag in jener Gabe, während sie neben dem Grab ihrer Schwester hockte. Der marmorweiße Grabstein funkelte in der Sonne, beunruhigend elegant neben seinen schon weit mehr verwitterten Genossen. Judith blinzelte in das grelle Licht, ihre Augen vom Weinen geschwächt und zog sich darauf in den Schatten der Eibe zurück. Sie setzte sich auf einen für die Größe eines Erwachsenen passenden Grabstein und begann, an seinen jadegrün bis eigelbgesprenkelten Flechten zu kratzen. In sechs Wochen hatte sie Abitur in Biologie, und so wiederholte sie jetzt leise vor sich hinmurmelnd ihre Kenntnisse über Symbiose. Die Flechten waren eine für beide Seiten vorteilhafte Partnerschaft aus Schwämmen und Algen: Die Schwämme entzogen dem Gestein Mineralstoffe, und die Algen erhielten Nahrung durch die Sonnenstrahlen.

»Ich wünschte, ich wäre nicht so gemein zu ihr gewesen«, schluchzte sie.

Sie hörte, wie sich jemand näherte und starrte Bryony Growcott, die auf Susans Grab zuging, feindselig an. Bryony hielt einen Strauß Blumen in der Hand, die sie auf der Wiese hinter dem Schulhof gepflückt hatte. Blaue Glockenblumen und Maiglöckchen steckten in einem mit Wasser gefüllten Marmeladenglas. Als sie Judith bemerkte, blieb sie wie angewurzelt stehen, ging dann langsam auf sie zu, wobei sie ihre Sandalen im Gras hinter sich herzog.

»Die verwelken doch sofort in der Sonne«, sagte Judith.

»Ich weiß«, sagte Bryony schlicht.

»Was machst du hier?«

»Entschuldigung. Ich wollte mich nicht aufdrängen. Oh, Judith, ich war nicht besonders nett zu ihr.«

»Ja, sie war ganz versessen auf dich«, höhnte Judith. »Bryony hier, Bryony da. Wir konnten deinen Namen wirklich nicht mehr hören.«

»Es tut mir leid.«

»Du und dein widerlicher Vater.«

»Ich bin nicht mein Vater«, rief Bryony plötzlich aufbrausend. »Wenn ich könnte, würde ich ihn mir wohl kaum als Vater aussuchen.«

»Ich hasse deinen Vater.«

»Da bist du nicht die einzige.«

»An dem Morgen, als sie unsere Susan fanden, kam er und schlich um unser Haus herum und tat, als ob er Mum helfen wolle. Wie konnte er es wagen.«

»Wie meinst du das?« fragte Bryony und hockte sich neben Judith in den dunkelgrünen Schatten.

»Das geht dich nichts an«, brummte Judith.

Sie schwiegen einige Zeit.

Dann fragte Bryony: »Wie geht es deiner Mutter?«

»Es ist schrecklich zu Hause«, brach es aus Judith heraus. »Morgens bringe ich ihr eine Tasse Tee ans Bett, und immer liegt sie da und starrt mit nassem Gesicht zur Decke. Manchmal erzählt sie, daß sie träume, es sei alles nur ein böser Traum, doch dann wache sie auf, und alles sei wahr. Dad hat denselben Traum. Und ich auch. Manchmal sperrt sie sich in ihr Zimmer ein und schreit. Ich kann das nicht ertragen. Dad fängt dann auch an zu weinen. Sie läßt ihn nicht herein.«

»Oh, Judith«, sagte Bryony.

»Sie läßt William nicht mehr in Ruhe«, fuhr Judith mit tonloser Stimme fort. »Jetzt nimmt sie ihn auch nachts zu sich. Sie will nicht, daß ich in seine Nähe komme. Aber, weißt du, er ist doch mein Baby. Und Susan war seine Tante.«

»Susan hat mir zu Weihnachten ein Buch über Pflanzen geschenkt«, sagte Bryony. »Du kannst es haben, wenn du möchtest. Weil du ihre Schwester bist.«

»Wirklich?« fragte Judith und schaute sie ganz überrascht an.

»Natürlich. Komm doch mit zu mir. Keine

Angst, Dad ist den ganzen Tag unterwegs. Er ist mit seiner neuen Freundin nach London gefahren.«

Sie standen auf und gingen gemeinsam zu Susans Grab hinüber. Rauh krächzend und mit heftigem Flügelschlag erhob sich eine kleine Schar Saatkrähen von der Eibe in die Lüfte. Am selben Tag wurden mehrere von ihnen, als sie über dem Shorter Wald kreisten, noch von Paddy, dem Wilddieb, erschossen, und ihre Körper an George Thurkle verkauft, der sie entlang ihrer Brustbeine aufschlitzte, ihnen Gefieder und Haut mit einem Griff abzog und sie umhüllt von einem Champignon-Petersilie-Pie als besondere Empfehlung des Küchenchefs für jenen Dienstagabend offerierte.

Auf dem Weg zum Haus des Doktors entwickelte sich zwischen Bryony und Judith ein Gespräch, dessen Vertrautheit beide erstaunte. Bryony erzählte, daß sie mittlerweile niemanden mehr ansehen könne, ohne gleich wie mit Röntgenstrahlen das Netzwerk des Knochengerüsts vor Augen zu haben. Judith erwiderte, sie verstehe genau, wie sie das meine, doch bei ihr sei es wegen des Biologie-Abiturs noch um einige Grad extremer.

Als sie ankamen, kochte Bryony für sie beide

Kaffee, und als sie im Kühlschrank nach Milch suchte, entdeckte sie eine Flasche Bollinger-Champagner im Gemüsefach.

»Für die Freundin« sagte sie eisig. »Er nennt sie seine kleine Circe. Er nennt sie alle so, macht sich noch nicht einmal die Mühe, sich neue Schmeicheleien auszudenken.« Dann packte sie die Flasche und blickte Judith an. »Die trinken wir jetzt zusammen«, rief sie und löste die Folie vom Korken. Judith kicherte: »Es ist gerade erst elf Uhr.«

»Ist doch egal.« Der Korken sprang in hohem Bogen mit einer Schaumkrone aus der Flasche und zerbrach ein Glas in der Küchenvitrine.

Sie tranken und redeten und blättern in Susans Pflanzenbuch. Ihre Gesichter röteten sich, sie lachten und weinten. Bryony räkelte sich auf dem Sofa, die Absätze gegen den Kaminsims gestemmt. Judith öffnete den obersten Knopf ihrer Bluse und fächelte sich frische Luft auf ihren großen Busen. Mit ihren hochroten Wangen sah sie schalkhaft zu Bryony hinüber. »Wenn wir so weitermachen...«, sagte sie, »... und ich als deine Stiefmutter und alles.«

Bryony starrte sie an.

»Meine was?« rief sie aus.

»Hast du doch gehört«, sagte Judith herausfordernd. »Du bist die Tante vom kleinen William, genau wie Susan.« Lachend beobachtete sie Bryonys Gesicht.

»Wieso hast du es niemandem gesagt?« fragte Bryony nach einiger Zeit.

»Dein Dad«, sagte Judith. »Er sagte, wenn ich es verrate, würde er sie allen zeigen.«

»Ich kann mich an die Nacht erinnern, in der du William bekommen hast«, sagte Bryony langsam. »Er kam zu früh, und sehr schnell, nicht wahr, und sie konnten dich nicht rechtzeitig ins Krankenhaus von Stokeridge bringen.«

»Genau«, sagte Judith kühl. »Deshalb habe ich ihn in meinem eigenen Bett bekomen, mit der Hebamme an einem Ende und deinem werten Vater am anderen. Ich wette, es hat ihn ziemlich glücklich gemacht, seinem eigenen Kind auf die Welt zu helfen. Igitt. Mir wird schon schlecht beim bloßen Gedanken an ihn.«

»Was genau wollte er allen zeigen?« fragte Bryony und griff Judiths Worte wieder auf.

»Das erste Mal, als ich mit William spazierenging«, fuhr Judith unbeirrt fort, »nannte Mrs. Saddington ihn einen kleinen Bastard, und ich sollte es genau hören. Ich habe einfach gelacht, denn ich dachte mir, wie der Vater so der Sohn. Also, wenn du es unbedingt wissen willst, dein Vater hat mich schon ein bißchen verrückt gemacht, fürchte ich, und im nachhinein verstehe ich es auch nicht mehr ganz, aber damals dachte ich wirklich, er sei *der* Typ, schlau und alles. Ich dachte, er sei wie Gott. Okay, und ich hab ihm erlaubt, schmutzige Fotos von mir zu machen. Ganz schön albern. Sieh mich doch jetzt an. Ich war einfach ziemlich dumm.«

»Du warst fünfzehn«, sagte Bryony. »Du hättest ihn in Schwierigkeiten bringen können.«

»Glaub nicht, daß ich mir das nicht auch überlegt habe«, sagte Judith bissig. »Aber ich hätte es nicht ertragen, wenn Mum und Dad die Fotos zu Gesicht bekommen hätten, und er hat geschworen, sie ihnen zu schicken, und Kopien an die Schulleiterin, und all meine dämlichen Briefe. Da hab ich dann noch lieber das Kind bekommen. Auf jeden Fall, rechtlich funktioniert das nicht so, oder? Er hätte sich schon irgendwie herauslaviert. Deshalb habe ich beschlossen, mich damit abzufinden und meinen Mund zu halten. Außerdem scheint es jetzt irgendwie auch keinen Unterschied mehr zu machen.« Sie begann zu weinen. »Aber du verrätst mich nicht, bitte, Bryony? Schwör, daß du das nicht tun wirst.«

Bryony überlegte.

»Ich wette, daß sie deshalb einen neuen Schularzt eingestellt haben«, sagte sie. »Ich wette, daß sich die Leute beschwert haben. Ich rede nie mit den Leuten, woher hätte ich es wissen sollen.«

»Er ist ein schmutziger alter Mann«, rief Judith.

»Entschuldige, ich weiß, er ist dein Dad, aber es stimmt.«

»Ich hatte keine Ahnung, daß er so schlimm ist«, antwortete Bryony.

»Ich dachte schon, daß er es auf Susan abgesehen hätte«, sagte Judith. »Er kam dauernd vorbei, als sie die Lebensmittelvergiftung hatte.«

»Oh, bitte, hör auf jetzt«, rief Bryony. »Denk daran, daß fünfzig Prozent von mir von ihm stammen. Was meinst du, wie ich mir dabei vorkomme.«

»Vielleicht hatte deine Mutter ja eine Affäre«, beruhigte sie Judith. »Man kann nie wissen. Immerhin wäre es durchaus möglich, wenn man sich vorstellt, mit solch einem Mann verheiratet zu sein.«

»Nein«, sagte Bryony, »man sieht auf den ersten Blick, daß ich ihm ähnele. Die gleichen fürchterlichen Zähne, die gleichen Haare und die gleichen spitzen Ohren.«

»Ja«, gab Judith zu. »Na, ja, Pech. Du mußt dich ja nicht so benehmen wie er.«

»Hör zu«, sagte Bryony. »Ich habe eine Idee. Heute ist er den ganzen Tag unterwegs. Laß uns nachschauen, was wir so alles in seinem Arbeitszimmer ausgraben können. Das Zimmer ist abgeschlossen, aber ich weiß, wo der den Zweitschlüssel aufbewahrt.«

»Meine Fotos«, rief Judith. »Meine Briefe.«

»*Exactement*«, sagte Bryony.

An diesem Nachmittag stellten die beiden Mädchen das Arbeitszimmer von Felix Growcott auf den Kopf. Schon ziemlich bald fand Judith, wonach sie suchte, und riß es in viele kleine Papierfetzen, wobei sie vor Wut und Anstrengung ihre Zähne entblößte.

»Ich wette, du könntest selbst ein Telefonbuch zu Hackfleisch machen«, sagte Bryony voller Respekt und betrachtete den Berg Konfetti zu Judiths Füßen.

»Ja, ich habe viel Kraft«, sagte Judith grimmig. »Ich mag vielleicht dumm sein, aber kräftig bin ich.«

Sie konnten an diesem Punkt nicht aufhören. Es war zu interessant. Judith blätterte in der *Individuellen Geschichte der Schlemmerei* und stieß auf wortreiche Randnotizen in Felix' Handschrift, in denen er lebhaft aufschlußreiche Details seiner Experimente mit fleischlicher Ernährung festgehalten hatte, zum Beispiel die Herkunft der Pfauenfilets, das riskante Unterfangen des Zebraimports (Pferdefleisch!) sowie das Versprechen einer anonymen Sendung Bärentatzen aus Szechuan.

»Dein Dad würde einfach alles essen«, giggelte Judith. »Die Leute werden es gar nicht lustig finden, wenn sie erfahren, was er so alles angestellt hat. Sie werden gut auf ihre Haustiere aufpassen, das kann ich dir versichern.«

Bryony schloß den Aktenschrank auf, und sie begannen, die Ordner durchzuforsten. Judith zog einen braunen Papierumschlag aus einem mit »Versicherung« gekennzeichneten Hefter.

»Was haben wir denn da«, sagte sie und enthüllte Felix' Privatsammlung seiner Liebschaften. Schockiert und fasziniert zugleich beugten sie sich über das Papier.

»Marianne Lester«, sagte Bryony. »Dann ist es also doch wahr. Und Delphine! Kaum zu glauben! Delphine!«

Sie wagten nicht, sich anzusehen.

»Sally Cheeseman!« rief Judith. »Na, ja, die war schon immer ein bißchen so. Aber Pauline Simmods! Wer hätte das gedacht! Dann bin ich wohl nicht die einzige Dumme!«

»Und Susan«, sagte Bryony bestürzt. »Du hattest recht.«

»Aber er hat sie nie angefaßt«, sagte Judith und blätterte hektisch bis zum letzten Eintrag vor.

»Es sei denn«, überlegte Bryony vorsichtig.

»Nein«, sagte Judith. »So etwas würde er nicht tun.«

»Nein.«

Wieder brachten sie es nicht fertig, sich in die Augen zu sehen.

»Laß uns noch einen Kaffee machen«, schlug Bryony vor.

Als sie durch die Diele gingen, entdeckten sie einen Briefumschlag auf der Fußmatte. Er war an Bryony adressiert und mit einer holländischen Briefmarke versehen. Innen befand sich eine Geburtstagskarte zu Bryonys achtzehntem Geburtstag, der eine Woche vorher unbeachtet verstrichen war. Außerdem noch ein winziges Paar Holzschuhe an einem Silberkettchen, mit Windmühlen bemalt sowie ein zusammengefalteter Brief. Sie lasen ihn gemeinsam, während sie in der Küche den Kaffee zubereiteten. Delphine hatte ihre Koffer gepackt, so stellte es sich heraus, als sie ein flauschiges, gewürzfarbenes Stück Schwanz in der hintersten Ecke einer Schublade fand, in der ihr Mann seine Socken aufbewahrte. Sie hatte sich nicht länger in der Lage gefühlt, mit dem Mörder ihres Lieblings zusammenzuleben, schrieb sie, und hätte ihn schon viel früher verlassen sollen. Inzwischen arbeitete sie in einer Bäckerei in Delft und genoß ihr neues Leben. Irgend jemand hatte ihr erklärt, daß sie Ansprüche auf die Einnahmen aus Thurkles Restaurant erheben könne, da sie jahrelang unbezahlt für ihn gearbeitet habe. Sie hatte deshalb die Scheidung eingereicht und als Grund psychische Grausamkeit angegeben, und malte sich nun aus, irgendwann ein nettes kleines Apartment zu kaufen. Sie hoffte, daß Bryony sie besuchen käme. Sie endete: Mein Rat für dich, liebe Bryony, zu deinem achtzehnten Geburtstag: Laß dich nicht ins Wanken bringen. Aber das muß ich dir, die du so furchtlos bist wie eine Löwin, wahrscheinlich kaum sagen.

»Oh«, sagte Bryony, »jetzt bekomme ich Angst.«

»Gib nicht auf«, sagte Judith. »Die Dinge werden sich klären.«

»Trotzdem«, sagte Bryony. »Hier kann ich nicht länger bleiben.«

Sie kauerten über ihren Kaffeebechern und heckten einen Plan aus. Zuerst überpinselten sie die Namen in Felix Growcotts Tagebuch mit Tipp-Ex. Dann brachten sie es in den Schreibwarenladen und verbrachten eine geschäftige halbe Stunde am Fotokopierer. Als nächstes schlichen sie in Dr. Growcotts Praxis und klebten die vergrößerten Kopien sorgfältig mit Tesafilm an die Scheiben, so daß sie für jeden, der an dem Fenster zur High Street vorbeiging, deutlich zu lesen waren.

»In Ordnung«, sagte Judith. »Jetzt trennen wir uns.«

Bryony krümmte sich in einem Lachanfall, die Tränen liefen ihr über das Gesicht.

»Verlier jetzt nicht die Nerven«, sagte Judith ernst. »Und vergiß nicht, wenn der Constable dich nicht haben will, kommst du zu uns. Ich verstecke dich in Susans früherem Zimmer.«

Nachdem Bryony allerdings Guy Springall ihre Lage erklärt hatte, war er überglücklich, sie aufzunehmen. Sein Sinn für Romantik hatte ihm schon früher Ärger bereitet und würde letzendlich zu seiner Entlassung bei der Polizei führen, doch für diesen Nachmittag war er wie geschaffen. Er bot ihr sein Apartment an, aber souverän griff sie nach den Schlüsseln für die Zellen und schloß sich in eine Zelle ein. Auf ihrem Sparkonto lagen dreihundert Pfund, und es war an der Zeit, sich Gedanken über die Zukunft zu machen. Vielleicht konnte Delphine sie eine Weile bei sich unterbringen. Sie würde darüber nachdenken.

9

Früh am Sonntagmorgen machte Guy, der kaum geschlafen hatte, Kaffee und Toast und trug beides hin zu Bryonys Zelle. Sie war wach und saß mit geschlossenen Augen auf ihrem Bett, das Gesicht dem vergitterten Fenster zugewandt, durch dessen mit Drahtnetz verstärkte Glasscheibe trübes Sonnenlicht fiel.

Guy hatte sie gestern nacht mit zwei Kissen sowie dem Federbett aus seiner eigenen Wohnung versorgt, ebenso mit einem Fertigmenü Rindergeschnetzeltem, seinem einzigen sauberen Taschentuch und seinem Digitalwecker. Er hatte sein Bücherregal mit wachsender Verzweiflung nach etwas durchsucht, das seiner Vorstellung von ihrer Stimmung und ihrem Intellekt entsprechen würde und ihr schließlich die Shakespeare-Gesamtausgabe gegeben (noch unberührt, in einwandfreiem Zustand). In den frühen Morgenstunden hatte Bryony die ihr noch unbekannten frühen Gedichte aufgeschlagen und sich von der wortgewandten Erotik in *Venus und Adonis* fesseln lassen. Von kraftlosen Blumen und süßem Unterholz hatte sie gelesen, bis ihr besänftigt die Augenlider zufielen; ihre Augen krochen noch entlang der erheiternden Zeilen bis zur Jagdszene mit der Kapitulation des Jungen, dann schlief sie ein, vom dramatischen Höhepunkt der Aufspießung verschont.

Oh, wahrlich wahr! So ward Adon verletzt:
Mit scharfem Speer lief er den Eber an,
Der nicht die Hauer wider ihn gewetzt,
Doch küssend ihn zu überreden sann.
An seiner Lende schnauft verliebt das
Schwein,
Schlägt unachtsam den Fangzahn in ihn
ein.

Sowohl Bryony als auch Guy wiegten sich in dieser Nacht in ihren getrennten Betten in bewegten erotischen Träumen. Ganz besonders Bryony war am nächsten Morgen überrascht, wie wohl sie sich fühlte. Sie konnte sich nicht erinnern, je mit einem solchen Gefühl von Neubeginn und positiver Veränderung erwacht zu sein.

Jetzt, als sie sich gegenüber saßen, zwischen ihnen die Gitterstäbe der Zelle, mußte sich Guy beherrschen, um nicht vor närrischer Freude zu strahlen, während Bryony versuchte, ihm mit zögernder und für sie ungewohnter Offenheit ihre grausame Loslösung zu schildern und die Ereignisse, die dazu geführt hatten.

So unterhielten sie sich mehrere Stunden, ohne zu merken, wie die Zeit verging: über Growcotts Geilheit und seine Gefräßigkeit, und ob Bryony ihn für fähig hielt, einen Mord zu begehen, über Guys Wanderungen in seiner Heimat Derbyshire und sein Querflötenspiel, und über Bryonys Wunsch, Lundy und Lindisfarne zu besuchen; über ihre unterschiedliche Vergangenheit und ihre Kindheit, über das Leben und den Tod und Bryonys Wunsch, hinter Gittern zu bleiben, bis sie sich an die unverhoffte neue Freiheit gewöhnt hätte und ihr Vater sie in Ruhe ließ.

»Wahrscheinlich ist es besser, wenn ich nichts von der zerbrochenen Scheibe in der Praxis weiß, und auch nichts über das durchwühlte Arbeitszimmer«, sagte Guy. »Dein Vater wäre schon hier aufgetaucht, wenn er einen Einbruch vermuten würde. Inzwischen gebe ich besser das Tagebuch und den Brief von Mrs. Thurkle bei den zuständigen Behörden in Thackstead ab und überlasse ihnen die notwendigen Schritte.« Widerwillig verließ er sie, um seinen Botengang zu machen. Sie lächelte mit ungeübten Muskeln, und glich dabei von Stunde zu Stunde mehr einem achtzehnjährigen Mädchen und immer weniger einem Racheengel.

Nach einem geschlagenen Vormittag Frühjahrsputz war Mrs. Saddington in einer furchterregenden Verfassung. Sie hatte dieses Unternehmen in einem Anfall von Wut und Selbstgerechtigkeit begonnen. Schuld war die Sonne. Was der kritischen Musterung und erst recht dem Mop während des Winters entgangen war, sah nun im grellen Aprillicht schändlich verschmuddelt aus. Sepiabraune Zimmer, in denen die Fenster fest verschottet gewesen waren, um die Wärme zu halten, stellten sich als verschmierte, übelriechende Schandflecke dar.

Jetzt aber roch das Haus süßlich nach synthetischer Lavendelmöbelpolitur und dem schmeichelhaften Duft von Teppichschaum. Sie hatte haßerfüllt den klebrigen Messinglüster poliert, achtzehn Kerzenhalter, die seit ihrer Herstellung vor über hundert Jahren keine Kerze gehalten hatten. Sie hatte die Netzgardinen heruntergerissen und sie in Wasser eingeweicht, das sich beim ersten Kontakt bezeichnend dunkel verfärbt hatte. Beschämt hingen sie nun aufgereiht auf der Leine wie arme Sünder. Sie saß auf heißen Kohlen, solange sie nicht wieder oben waren, denn nichts war schlimmer für sie, als den Blicken der Straße schonungslos ausgeliefert zu sein. In der Zwischenzeit nahm sie die Staubflusen auf den Fensterbänken in Angriff und behandelte die Fenster heftig mit zusamengeknülltem Zeitungspapier.

Rogers Zimmer hatte sie sich für die letzte Attacke ihrer Putzwut vorbehalten. Es war das einzige Terrain, wo sie ihm etwas Freiraum ließ, und folglich war es das reinste Höllenloch. Es war abgemacht, daß sie dieses Heiligtum nicht ohne seine Erlaubnis betreten durfte. Er hielt es verschlossen, obwohl sie wußte, daß er wußte, daß sie einen zweiten Schlüssel besaß. Nun, sich undeutlich daran erinnernd, daß sein Bett seit geraumer Zeit vor Weihnachten nicht mehr frisch überzogen worden war, gab sie sich einen Ruck und öffnete die Tür.

Der Geruch war einigermaßen sonderbar.

Das Bettzeug erklärte einiges, auch die Stapel schmutziger Socken und Unterhosen. Die Tatsache, daß er seine Fenster vernagelt hatte und die alten Verdunkelungsvorhänge Tag und Nacht zugezogen waren, verbreitete zweifellos eine Atmosphäre, die dem Miasma förderlich war. Aber dieses Mal lag noch etwas anderes, etwas Merkwürdigeres in der betäubenden Luft. Sie knipste das Licht an. Er benutzte ausschließlich schwache nackte Glühbirnen, die das lichtabsorbierende Dunkellila der Wände nur spärlich erhellten. Ein kurzer prüfender Blick auf sein Bücherregal zeigte, daß sich seine Nachschlagewerke über die Gebiete Folter, Gewichtheben und Okkultismus beinahe verdoppelt hatten. Soweit sie sehen konnte, nichts Neues über Motorräder. Motorräder gingen eindeutig zu weit.

Da sie seine geheimen Verstecke kannte, beugte sie sich herunter, um den Teppich vor der Kommode hochzuheben. Dort fand sie die letzten drei Ausgaben der monatlichen Motorradzeitschrift *Walhalla.* Sie biß die Zähne aufeinander, doch ein Fluch entwich dennoch ihren Lippen; dieser hinterhältige, weinerliche Lügner, genau wie sein Vater. Sie wollte ihm heute abend eine gehörige Szene machen und schwelgte bereits in der Vorstellung davon, während sie sich vor seinem Bett hinkniete, um sein zweites Geheimversteck in Augenschein zu nehmen. Es war die Köderkiste, die er zusammen mit der Anglerausrüstung unter seinem Bett aufbewahrte. Vorsichtig streckte sie ihren Arm danach aus: Denn auf einen weiteren Fischhaken in ihrer Daumenkuppe konnte sie gut verzichten. Die tastenden Finger schlossen sich um einen feuchten kriechenden Klumpen Maden.

Mit einer heiseren Obszönität und einer Geschwindigkeit, die für eine träge Frau von einundsiebzig beinahe undenkbar war, sprang sie auf und wischte die Hand auf der angegrauten Bettdecke hin und her, bis sie einigermaßen von der widerwärtigen Verklumpung befreit war. Schon einmal, mit dreizehn, hatte er so etwas angestellt, die lebendigen Köder unter seinem Bett versteckt und sie dann vergessen, aber sie hatte geglaubt, daß er damals ein für allemal begriffen hätte, so etwas nicht wieder zu tun (halb verstümmelt war er aus der Sache hervorgegangen). Vor Wut schnaubend trug sie Gummihandschuhe, Desinfektionsmittel und einen Eimer Wasser in sein Zimmer. Sie kippte sein Bett hoch gegen die Wand und benutzte die Seiten der *Walhalla,* um die semi-phosphoreszierende Galaxie von Larven vom Teppich aufzuwischen. Er hatte den Deckel der Tupperwarendose mit den Ködern nicht richtig verschlossen, und so waren die Maden natürlich herausgekrochen. Dann entdeckte sie die alte Tabaksdose, in der er seine Angelhaken aufbewahrte. Wahrscheinlich hielt er auch dort noch etwas versteckt. Seine Unaufrichtigkeit war grenzenlos. Sie klappte den Deckel nach oben und starrte hinein. Eingerollt wie ein gelber Wurm lag eine dünne geflochtene Haarsträhne darin. Sie erkannte sie sofort.

Zehn Minuten später saß Mrs. Saddington bei den Farewells und wartete darauf, daß Valerie herunterkam. Sie hatte nicht lange nachdenken müssen, um zu wissen, was zu tun war. Sobald sie ihre Hände gewaschen, ihren graubraunen Mantel übergezogen und den Sommerhut aufgesetzt hatte, ging sie in dem grellen Sonnenlicht hinüber zu den Farewells, den Zopf in einem Umschlag in ihrer Manteltasche.

Thomas hatte die Tür geöffnet, unrasiert und völlig heruntergekommen. Drinnen sah es nicht viel besser aus. Die Fenster waren schmutzig, überall standen noch die verwelkten Blumen von der Beerdigung herum. Sie registrierte den überquellenden Papierkorb und das Plastikspielzeug, das unordentlich auf dem dreckigen Teppich verstreut war. Judith saß zusammengesunken im größten Sessel und knurrte nur ein kurzes Hallo, bevor sie sich wieder ihrem Müsliriegel und ihrem Magazin mit Hollywoods neuestem Klatsch zuwandte.

Schließlich kam Valerie herunter, das Baby fest umschlungen, das ihr die Ponyfransen in die Stirn zog und sie mit den sprossenden Fingernägeln in die Haut am Hals kniff, sein neuestes Kunststück. Davon einmal abgesehen, sah sie immer noch verheerend aus. Die Sonne schien herein, und man sah ihre fleckige Blässe, die geschwollenen Augen und die eingefallenen Wangen.

Für sie völlig untypisch, war Mrs. Saddington kurz davor, zu verzagen.

»Hallo, kleiner Mann«, sagte sie mit eingerosteter zuckersüßer Stimme, als Valerie William auf den Teppich setzte. Er ignorierte sie und krabbelte auf allen vieren hinüber zu seiner kurvenreichen Mutter.

»Was kann ich für Sie tun, Mrs. Saddington?« fragte Valerie. Tief in ihr schwamm ein winziges Wesen, wie ein Seepferdchen geformt, nur wenige Zentimeter lang, aber bereits mit Nasenlöchern, Lippen, Kieferknochen und einem vierkammrigen Herzen ausgestattet; bislang war sie zu zerstreut gewesen, um seine Existenz überhaupt nur zu vermuten.

»Ich weiß, wer's war«, sagte Mrs. Saddington. Nur mühsam brachte sie das heraus, merkte beim Sprechen, daß die Worte unbeholfen klangen, sich aber mit einer eigenen, unbeirrbaren Kraft ihren Weg nach draußen bahnten.

Alle drei starrten sie an. Das Baby stieß sich den Kopf an einem Stuhlbein und fing heftig an zu schreien, doch keiner nahm davon Notiz.

»Das hier habe ich unter dem Bett gefunden, als ich bei ihm aufgeräumt habe«, erklärte Mrs. Saddington, wobei sie den Umschlag aus der Tasche zog und den kleinen Zopf zwischen Daumen und Zeigefinger baumeln ließ. Im Zimmer war es ganz still.

»Mein eigenes Fleisch und Blut«, sagte Mrs. Saddington schroff.

»Susan.« Thomas begann zu röcheln wie eine Katze, die Gewölle hervorwürgt.

Valerie stürtzte vor, riß ihr den Zopf aus der Hand und hielt ihn an sich gepreßt, als hätte sie Bauchkrämpfe.

»Es ist schrecklich für eine Mutter«, sagte Mrs. Saddington, fast schon in freundlichem Konversationston.

»Wo ist er?« wollte Judith wissen. Sie sah riesig und unheimlich aus, als sie sich aus ihrem Sessel aufrichtete, und war plötzlich voller Energie, so daß Mrs. Saddington vor Erregung leicht zu zittern begann.

»Drüben, auf dem Schlachthof.«

»Los«, sagte Judith.

Sie ließen Thomas, der nach der Polizei schrie, mit dem Baby zurück. Unterwegs rief ihnen Mrs. Greenidge über den Gartenzaun etwas zu, und sie blieben stehen, um ihr zu berichten. Sie bestand darauf, sie zu begleiten und verfrachtete sie in ihren Wagen, weil sie noch immer nicht wieder gut zu Fuß war. Thomas, der Guy Springall nicht erreichen konnte und weder das Telefonbuch finden noch bei der Auskunft durchkommen konnte, hatte unterdessen William in seinen Buggy geschnallt und stürzte die Hauptstraße hinunter, vor ihm das vor Freude quietschende Kind. Doch als er bei Polizei ankam, mußte er feststellen, daß sie für den heutigen Tag geschlossen hatte.

In seinem ersten Jahr auf dem College hatte Guy das Zimmer mit einem geteilt, der in seinem Streben nach einer positiven Lebenseinstellung an der Wand über der Heizung ein Plakat befestigt hatte: »Heute ist der erste Tag vom Rest deines Lebens.« An diesem Montagmorgen, als Guy erwachte, kam ihm dieser Satz schlagartig wieder ins Bewußtsein zurück, und er spürte eine solch ungetrübte Freude, wie er sie nur aus seiner frühesten Kindheit kannte, und mit lauter Stimme sagte er: »Heute ist der zweite Tag vom Rest meines Lebens.«

Es war noch früh, vielleich halb sieben; er öffnete sein Schlafzimmerfenster und beobachtete fröstelnd vor Glück und Zufriedenheit, wie die nebelverhangene Sonne am Himmel aufstieg. Alles war taufrisch, kühl und feucht. Er schaute auf eine Reihe Hintergärten, feuchte silberüberzogene Rasenflächen, Kastenhecken und Zedern. In einem Garten versuchte eine graugetigerte Katze tänzerisch, eine Fliege zu erhaschen. Selbst die Seitenmauer des Supermarkts schien sein schieres Glück widerzuspiegeln, denn Guy bewunderte heute, wie die Sonne die sonst roh aussehenden Ziegel in ein Spektrum von ingwer-, kohle- und ockerfarbenen Rechtecken verwandelte.

Er verbrachte einen langen und ereignislosen Vormittag im Dienst an seinem Schreibtisch, und brachte von Zeit zu Zeit eine Tasse Kaffe zu Bryonys Zelle. Sie hatte zugesagt, seinen freien Nachmittag mit ihm zu verbringen; um Punkt ein Uhr schloß er die Tür der kleinen Polizeiwache, raste hinauf in sein Schlafzimmer und tauschte die Uniform gegen seine Jeans. Um fünf nach eins schloß sie lächelnd die Zelle auf, ging nach draußen zu seinem zehn Jahre alten Käfer mit den rostzerfressenen Kotflügeln.

»Sehr zuverlässig«, sagte er und schwang mit Kraft die Beifahrertür für sie auf, die dabei in ihren Angeln quietschte, »aber nicht gerade sehr elegant, fürchte ich.«

»Du solltest dich nicht selbst heruntermachen«, sagte sie und konstatierte erstaunt einen bei ihr beispiellosen Ausbruch von Koketterie.

An diesem Nachmittag war wenig Verkehr auf den Straßen, und Guy nahm seinen Weg über Land. Die Weißdornhecken, die die Straßen säumten, füllten das Auto mit ihrem nach Fluß duftenden Geruch. Bryony hatte einen Unterarm auf das heruntergekurbelte Fenster gelehnt und ließ sich die Haare ins Gesicht wehen. Mit geschlossenen Augen genoß sie ihre Freiheit und hoffte, daß er nicht zu reden anfing. Schweigend saß er am Steuer und betrachtete jede Einzelheit mit einer neugewonnenen, angenehmen Klarheit des Blicks.

Sein Lieblingslokal, das *Sun and Whalebone,* hatte ein luftiges Nebenzimmer, in dem man essen konnte. Sie saßen an einem Tisch vor dem offenen Kamin und Guy bestellte eine Flasche Fleurie, weil es der teuerste der sechs Weine auf der Karte war. Der Stein im Inneren des Kamins war schwarz vor Ruß und seine Einkerbungen mit einer silbernen Schicht Asche überzogen, die noch von den Wintermonaten herrührte.

»Auf dein neues Leben«, sagte Guy, und sie lächelten sich an, als sie einen Schluck von dem Rotwein nahmen.

In dem Moment, als Guy Bryony zuprostete, bog der Lkw mit der wöchentlichen Lieferung Schweine von Talbots Farm in die Einfahrt des Schlachthofs ein und hielt wie immer vor der Ladezone, dicht gefolgt von Mrs. Greenidges Hillman Imperial.

Der Lkw-Fahrer hatte seine Magnetkarte benutzt, um das Tor zu passieren. Später sagte er dem Gericht, daß er dem überfüllten kleinen Wagen mit seiner Fracht Frauen keine Beachtung geschenkt habe, weil er annahm, daß es sich um irgendwelche Hausfrauen oder ein Kaffeekränzchen gehandelt habe. Zwei Schlachthofangestellte, Marlon Briggs und Roger Saddington, erschienen im Hof, um ihm wie gewöhnlich beim Entladen der Schweine zu helfen. Es war jedesmal eine etwas heikle Angelegenheit, und an diesem Tag um so mehr, weil es heiß war, der Wagen überladen und die Schweine in dem Gedränge wild geworden. Sie waren auf- und übereinander geklettert, um die Luftschlitze zu erreichen und hatten wahllos um sich gebissen. Da Schweine nicht schwitzen, war ihre Körpertemperatur permanent gestiegen. Ein paar waren bereits unterwegs erstickt. Marlon und Roger hatten geholfen, die Schweine die Rampe hinunter aus dem Wagen und in den Eingangspferch zu treiben, und weil es mehr waren als gewöhnlich, wurde es auch dort zu eng. Sie quiekten und schrien wie am Spieß, schnappten nach Luft und bissen sich gegenseitig große Brocken Fleisch aus. Dann hatten sich die Frauen genähert, eine alte, eine dicke, eine etwas wirr aussehende und eine auf Krücken, und sich in einem Kreis um Roger gruppiert, ihm mit etwas vor dem Gesicht herumgefuchelt und zu schimpfen angefangen. Zuerst hatte er gelacht, zumindest dachte der Lkw-Fahrer das, aus seinem Gesichtsausdruck schließend, aber durch das Gequieke der Schweine hindurch habe er nichts verstehen können; als er jedoch versuchte, an ihnen vorbeizukommen, habe die Dicke ihn gegen das Gitter gedrückt. Er war ein Stück rückwärts nach oben geklettert, offensichtlich, um über sie hinwegspringen zu können, und in dem Moment habe die Alte eine Krücke gepackt und ihm damit einen Stoß in die Brust versetzt. Er verlor sein Gleichgewicht und war augenblicklich nach hinten zu den Schweinen gekippt. Das war sein Ende. Bis sie Hilfe geholt und die Schweine beiseite gescheucht hatten, hatten sie ihn in Stücke gerissen. Er starb auf dem Weg ins Krankenhaus von Stokeridge.

In dem Augenblick, in dem Roger Saddington starb, füllte Guy Springall den letzten Schluck Wein in Bryonys Glas.

»Also, sag mal etwas auf Französisch«, forderte er sie auf. Sie hatte ihm von ihrem Abitur erzählt. Er hatte ihr noch nicht verraten, daß er selbst fast fließend Französisch und Deutsch sprach, dank der Stelle seines Vaters bei der Armee. Bis zum Alter von zehn Jahren hatte er mit seinen Eltern im Ausland gelebt.

»*La plume de ma tante*«, sagte sie leicht herablassend. »*Le canif de mon frère.*« Er sah sie aufmerksam an. »*Vos yeux sont bruns*«, fuhr sie fort, »*et vous me regardez comme un homme qui ne veut jamais parler, lui dont la langue est silente.*« Eine kleine Pause entstand, und ihre Blicke lagen ineinander.

»*Pas du tout*«, sagte er. »*Mais s'il y a beaucoup d'art à parler, il n'y en a pas moins à se taire.*«

Sie lachte überrascht auf.

Die Kellnerin erschien erneut und fragte sie mit unverhohlener Ungeduld nach ihrer Bestellung. Sie studierten die abgegriffene Speisekarte.

»Champignoncremesuppe«, sagte Bryony.

»Die ist aus«, sagte die Kellnerin, die erst fünfzehn war und von beflissener Höflichkeit noch wenig Ahnung hatte. »Sie hätten früher bestellen sollen. Dann hätten Sie sich ja beim Warten unterhalten können.«

»Was gibt es denn noch?« fragte Guy.

»Es ist alles aus außer Lammkotelett mit Frühlingsgemüsen«, sagte die Kellnerin.

»Ist gut«, entschied Bryony. »Dann nehmen wir das.« Sie spürte, wie sich ihr der Magen umdrehte.

»Kommt sofort«, flötete die Kellnerin und hüpfte in Richtung Küche. Sie konnte es kaum erwarten, zum Fluß herunterzugehen und wippte ungeduldig in und her, während ihre Mutter die beiden Teller füllte.

»Bist du sicher?« fragte Guy. »Fühl dich nicht meinetwegen dazu verpflichtet. Bleib deinen Prinzipien treu.«

»Wag es nicht, mir etwas über Prinzipien zu erklären«, gab Bryony verärgert zurück, »du Polizist, du.«

»Warum dann?« fragte er.

Sie gab keine Antwort. Sie wußte selbst nicht warum.

»Ich sollte todunglücklich sein«, sagte sie nach einer Weile. »Aber ich bin es nicht. Zumindest nicht die ganze Zeit.«

Die Kellnerin kam und leerte ihr Tablett. Bryony und Guy starrten auf die adretten rosigen Koteletts und die Beilage aus Karotten, neuen Kartoffeln und Erbsen.

»Mint Sauce?«

Die Kellnerin hielt den Teelöffel schon parat.

»Nein danke«, sagten sie wie aus einem Mund. Sie ließ die beiden mit ihrem Glück allein.

»Na, dann geh schon«, sagte ihre Mutter resigniert. »Und viel Spaß.«

»Ich verstehe es immer noch nicht«, fuhr Guy fort. »Warum?«

»Das ist meine Angelegenheit, oder?« entgegnete Bryony. Sie holte tief Luft und nahm Messer und Gabel in die Hand.

Epilog

Das Problem bei einer derartigen Geschichte ist, daß sich dabei das grundlegende Bedürfnis nach einem Sündenbock einstellt. Einer muß der Schuldige sein, damit die anderen freigesprochen werden können. Obwohl der eigentliche Übeltäter natürlich jene Gestalt am Horizont ist, die ihre alles auslöschende Sense über der Schulter trägt. Nicht viel läßt sich zu Roger Saddingtons Verteidigung vorbringen, außer daß er seine Funktion als Sensenmann voll und ganz erfüllt, mit insgesamt mehr Schwung, als es George Thurkle oder Felix Growcott je gelungen wäre. Das meiste wird durch Übung leichter, und er war es gewohnt, für das Schlachten einen respektablen Wochenlohn zu erhalten; wie der Richter sagte: Er konnte die Grenze offensichtlich nicht mehr ziehen.

Die alte Mrs. Saddington wurde wegen Totschlags zu fünf Jahren Gefängnis verurteilt.

Dort begegneten ihr tatsächlich Tischtennisplatten und in manchen Zonen auch Teppichböden. Sie verflucht ihren Sohn täglich und ist zu der Überzeugung gekommen, Gottes Werkzeug der ausgleichenden Gerechtigkeit zu sein. Sie ist keine sehr beliebte Gefangene.

George Thurkles Lokal lief weiterhin ausgezeichnet, bis die Katze aus dem Sack gelassen wurde. Von dem Moment an wurde er zum Gegenstand des allgemeinen Hasses, so daß er sich genötigt sah, das Land zu verlassen. Er arbeitet neuerdings in einem Café-Bistro in einem entlegenen und hügeligen Teil des Languedoc, wo er manchmal nach dem Abendessen die Nachbarn immer noch zum Lachen bringt, wenn er ihnen das von der beleibten Dame und der *Térrine du petit chat* erzählt.

Geächtet in Barwell, seiner Approbation beraubt, ging Felix Growcott wieder zurück nach London, wo er eine Zeitlang von den Einnahmen seines Bestsellers, der *Individuellen Geschichte der Schlemmerei* lebte. Wenige Jahre später erkrankte er und zeigte Symptome, die denen der senilen Demenz bzw. Alzheimer ähnelten, obwohl sich später bei der Autopsie herausstellte, daß es sich um das Creutzfeld-Jacob-Syndrom gehandelt hatte. Die letzte seiner Circen pflegte ihn bis zum Tod, und er hinterließ ihr sein gesamtes Vermögen.

Valerie Farewell hatte eine Fehlgeburt an dem Tag, als Roger Saddington starb. Kurze Zeit später trennte sie sich von Thomas. Sie klammerte sich so leidenschaftlich an William, daß Judith es dabei bewenden ließ und von zu Hause auszog, um in Bristol Biologie zu studieren. In ihrem ersten Jahr teilte sie ein Zimmer mit Bryony Growcott, die dort einen Studienplatz in Französisch und Philosophie bekommen hatte.

Valerie lebte weiter in Barwell und zog sich immer mehr zurück. Gegenwärtig liegt sie im Clinch mit den zuständigen Behörden, weil sie sich weigert, den fünfjährigen William zur Schule zu schicken.

Auf Valeries Drängen hin verkaufte Thomas sein Geschäft, zog aus und wohnt seitdem über einem Kebap-Imbiß auf der anderen Seite von Stokeridge. Sein Interesse am Beruf hatte er sowieso verloren. Er lebt seither von dem Erlös aus dem Verkauf seines Ladens, ab und zu aufgefrischt durch das, was er bei gelegentlichen Jobs dazu verdient. Er trinkt allein, und er trinkt zuviel. Grauenhafte Alpträume suchen ihn heim, in denen er in einem Wald herumirrt, wo die Bäume den Namen seiner kleinen Tochter wispern, seines geliebten Lammes, während ihre Stämme scharlachrote Feuchtigkeit schwitzen.

Ruth Rendell
bei Blanvalet

Eine entwaffnende Frau
Roman. 476 Seiten

Ruth Rendell ist mit der Gestalt des Inspector Wexford das Kunststück gelungen, aus Kriminalromanen hochkarätige und vergnügliche Literatur zu machen.
»Eine entwaffnende Frau« ist Wexfords erschreckendster Fall. Denn zwei Frauen machen Wexford blind für die wahren Vorgänge auf Dorst, wo rüde Herrschsucht und geschändete Liebe zu tödlichem Wahn verschmelzen: Daisy Flory, einzige Überlebende eines blutigen Massakers und Alleinerbin von Tranced House, und Sheila, Wexfords eigene Tochter.

Der Krokodilwächter
Roman. ca. 450 Seiten

Souverän und präzise schildert Ruth Rendell die Untiefen menschlicher Seelen. So auch von Liza und ihrer Mutter Eve, die von klein auf völlig abgeschieden im Gesindehaus eines englischen Landsitzes wohnen. Mit seinen unendlichen Wäldern und prächtigen Parks, mit Zimmerfluchten voller Geheimnisse und Wunder ist Shrove House der Mittelpunkt ihres Lebens. Ein Garten Eden, in dem die Zeit sillzustehen scheint. Doch als Liza erwachsen wird, erkennt sie allmählich die Schatten des Paradieses, das ihre Mutter gegen jeden Eindringling von außen verteidigt, wenn nötig mit tödlicher Gewalt.